Letters from Rifka Karen Hesse

リフカの旅

カレン・ヘス＝作
伊藤比呂美＋西更＝訳

理論社

リフカの旅

目次

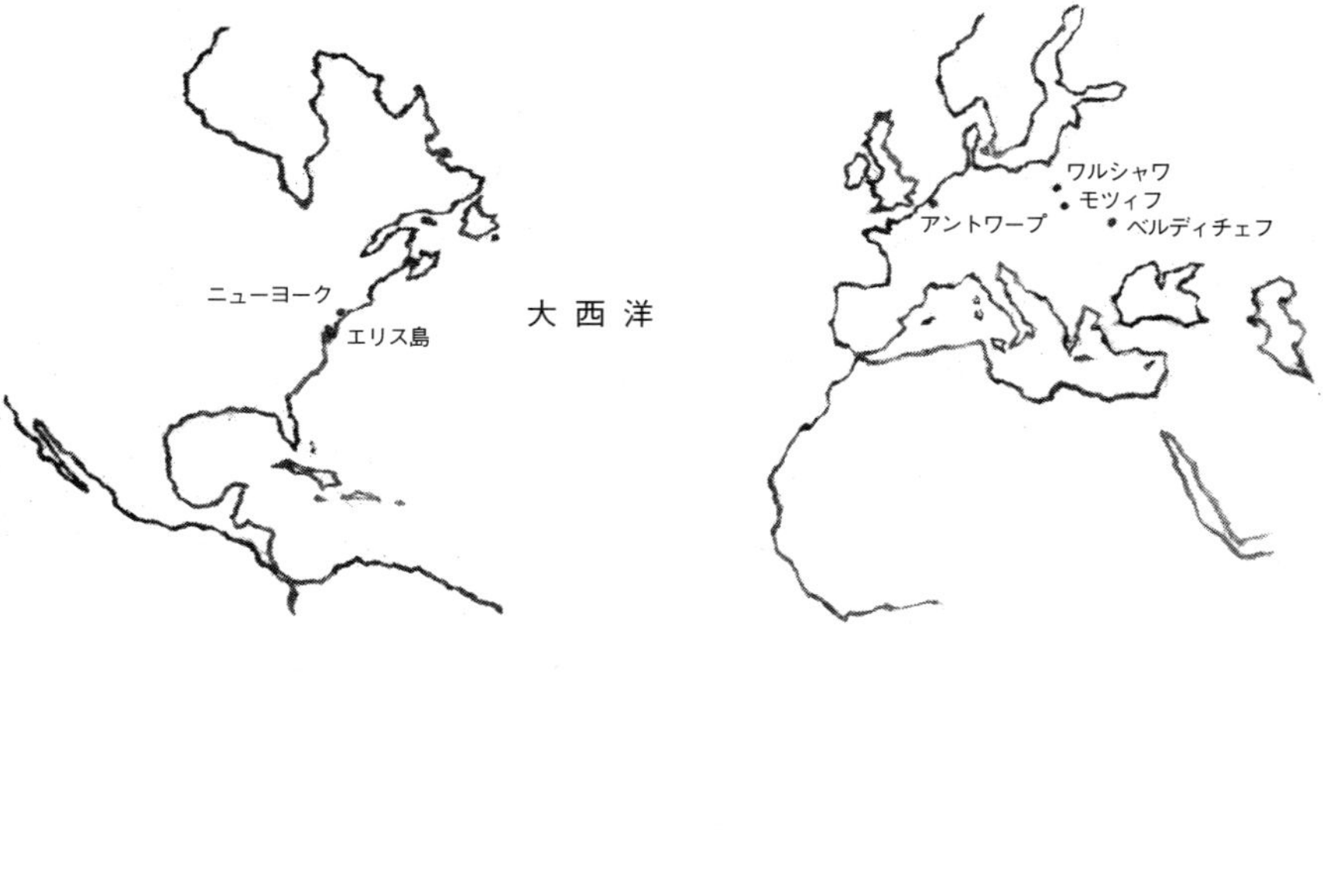

この物語が生まれるまで　カレン・ヘス

最初は、わたしの家族が経験した、ロシアからアメリカへの移住について、書きたいと思っていたのです。知っていたのは、祖母が、しゃれた白いヤギ革の手袋《てぶくろ》をはめて、田舎ふうの牛車に乗って、ポーランドを横切ったという話。それから祖父が「ただの移民だから」という理由で、あのタイタニック号の乗船を断られたという話。でも、わたしの知っていたのは、そのくらいでした。

わたしは母や叔母《おば》たちに電話をしてみました。みんな、自分の子ども時代のことはたくさん話してくれましたけど、アメリカに渡《わた》ってきた家族の歴史ということになると、たしかなことは知らなかったのです。

「ルーシー大叔母さんに聞いてみたら」と母が言いました。

わたしは、ルーシーおばさんのことは、ほとんど覚えてなかったんです。なんとなく、かよわい、八十歳《さい》くらいの人なんだろうな、と思っていました。ところが驚《おどろ》いたことに、電話の向こうから、力強く、歯切れよく、ユーモアたっぷりの声が聞こえてきたんです。

「もちろん、手伝ってあげるわよ。何が知りたいの？」とおばさんは言いました。

わたしは質問を書き出して、ルーシーおばさんに送りました。おばさんは、たちまち、返事をテープに吹き込《ふこ》んで、送り返してくれました。おばさんの語りはものすごくて、息をつがずに、五分間も語りつづけるのでした。わたしはテープレコーダーの取っ手をにぎりしめて、おばさんのアメリカへの旅の話を聞きました。まるでジェットコースターに乗ってるような気がしました。おばさんが話をやめたとき、何も入ってないテープのカタカタまわりつづける音が、わたしをからかっているような気がしたんです。

わたしはまたルーシーおばさんに電話しました。

「テープを聞いたんですけどね。やっぱり、実際におばさんに会わなくちゃと思って」

おばさんは笑いました。わたしが会いにくることが、ずっと前からわかっていたみたいでした。

二ヵ月後、東海岸特有の蒸し暑い午後に、わたしは、頭の中に、調べあげたことをいっぱいつめこんで、ルーシーおばさんの家の玄関《げんかん》の前に立ちました。

わたしを迎《むか》えてくれたのは、雪のように白い髪《かみ》を、ほつれ毛だらけのおだんごに結《ゆ》った小さなおばさん。おばさんは、わたしを自分の家の中へ、そして自分の過去へと迎え入れてくれました。

「リフカの旅」は、ほとんど、ルーシー・アヴルーティンの記憶《きおく》にもとづいています。登場人物の名前は変えたし、こまかいところもちょこちょこ変えましたけど、でもこのお話は、そのほかはみんな、ルーシーおばさんのお話です。

1919年9月2日
ロシア

……くらい配流《はいりゅう》の地にあるわたしを
君は異国の土地にまねいた……
プーシキン

大好きな、いとこのトヴァねえちゃん

成功したよ！　アヴラムおじさんがいなかったら、きっとうちは全滅《ぜんめつ》だった。母さんも、父さんも、ナタン兄ちゃんも、サウル兄ちゃんも、そしてわたしも。全滅してなかったら、今ごろみんな、ベルディチェフのあのきたない収容所に入れられてたと思う。でもうまくいった。わたしたちは今、ポーランド行きの貨物列車に乗って、ウクライナを横切っている。

そして今、あなたもハンナも、おじさんが帰ってきてほっとしてると思う。ゆうべは一晩中、おじさんとうちの一家が、ドアにカギをかけて、ひそひそ声で話し合っていたから、外にいた家族たちはものすごく心配だったと思うの。

そろそろルツばあちゃんも、わたしたちが逃《に》げおおせたってことを聞くころだね。ばあちゃんは、きっと、おじさんに、雌牛《めうし》のフルシレの生クリームを、つぼいっぱい食べさせてくれると思う。ばあちゃんの「一番のごほうび」といったら、いつもそれだ。

今朝、ベルディチェフの駅で、遠くの林の間から日が差してきたころ、わたしは一人で貨物列車のわきに立っていた。心臓がどきどきしすぎて、あばら骨にぶつかってるようだった。十二歳《さい》という自分の年より、おとなっぽく見えるように気をつけていた。ハンナのくれた新しいショールを巻いていたけど、ふるえが止まらなかった。

「ずっと巻いといてね」

その日の明け方、ハンナが、そのショールを巻いてくれながらささやいた。わたしたちが、おじさんの家から、暗い戸外へ出ていく直前のこと。

「早く」

父さんが先頭に立って、わたしたちは林の中を駅の方へ歩いていった。わたしは一瞬《いっしゅん》立ち止まって、あなたのいる、おじさんの家のあかりがきらきらするのをみつめた。

「リフカ、いそいで」と父さんがささやいた。「日がのぼる前に隠《かく》れなきゃいけないから」

「小さなリフカ、ロシア兵の気をうまくそらせるかい」とナタンがわたしの肩《かた》を抱《だ》きしめて言った。暗くて見えなかったけど、兄ちゃんの目がわたしをじっと見つめているのはわかった。

「だいじょうぶ」とわたしは答えた。ただ、みんなを安心させたかった。

駅に着くと、父さんと母さんは、右の方の貨車のわら束の中に隠《かく》れた。ナタンとサウルは体が大きいから、左の方の貨車に別々にもぐりこんだ。父さんが言ったんだ、別々の貨車に隠《かく》れた方がいいって。もしひとりがロシア兵に見つかっても、ほかのみんなは見つからないかもしれないからって。

わたしの後ろの貨車の、ほこりだらけのすみっこに、わたしのリュックは入れてあった。底の方には、自分の物がほんの少しと、服でぐるぐる巻きにした母さんのろうそく立て。あなたのプーシキンの本は、そこには入れなかった。わたしは両手でしっかりかかえて持っていた。

ほんとはそこから走り出して、道をかけもどって、ご近所の一軒《けん》一軒《けん》に、お別れを言ってまわりたかった。アメリカに行くんだよって、伝えてまわりたかった。でも、できなかった。だれにも言っちゃだめだよって、父さんに言われた。ルツばあちゃんにも言っちゃだめだよって。知ってたのは、あなたとハンナとアヴラムおじさんだけだ。でも、あなたがちゃんと知っててくれて、ほんとによかった。

父さんと母さんと兄ちゃんたちが隠《かく》れてすぐ、ロシア軍の兵士が二人、小屋から出てきた。父さんの予想どおりだった。ブーツを重たそうに鳴らしながら、駅のホームをどかどか歩いてきて、それから貨車を一台一台調べてまわった。

最初、兵士はわたしに気づかなかった。サウルがよく言うの、おまえはチビだからだれにも気づいてもらえないよって。サウルったらいじわるばっかり言う。たしかにわたしは十二歳《さい》にしてはチビだ。そして、どんなにチビでも、やっぱり兵士はわたしに気づいた。最初気づかなかったのは、列車を調べるのに気を取られていたからだ。あいつらは、ナタンを捜《さが》していたんだよ。

トヴァ、聞いたことあるでしょ、ロシア軍は、ユダヤ人の兵士が脱走《だっそう》すると血眼《ちまなこ》になって捜《さが》す。そしてつかまえて、見せしめとして、他の兵士たちの前で殺す。かくまった人たちもみんな殺す。

ゆうべ遅《おそ》く、軍隊から脱走したナタンが、家の戸口にあらわれたときは、わたしは、ただただ、大好きな兄ちゃんに会えてうれしかった。でも、兄ちゃんはすごく不安そうだった。わたしをほんの一瞬《いっしゅん》だけ抱《だ》きしめてくれたけど、笑顔もえくぼも、浮《う》かんですぐ消えた。

「サウルに忠告しに帰ってきたんだ。ロシア兵が来る。サウルも軍に連れていかれちまうよ」

トヴァ、白状するとね、そのときわたしは一瞬「やった」と思った。サウルなんか、いなくなってほしかったの。だって、サウルがいると、頭がおかしくなりそうだったんだもの。あのでっかい耳も、でっかい足も、もう見たくもない。どっかに行っちゃってくれたらせいせいするのにと思っていたのよ。

うちの家族にとって、それがどういう意味なのかわからなかったわたしは、バカだ。

母さんはナタンに言った。「どうして帰ってきたの。軍隊にもどったら殺されちゃうのよ」

そしたら父さんは言った。「ナタンは軍隊にはもどらない。ほら、みんないそいで！荷造りするんだよ！」

みんなが父さんを見つめた。

「早く早く」と父さんは手をたたきながら言った。「リフカ、いそいでリュックに自分の物をつめておいで」

父さんたら、どれだけの物をわたしが持ってると思ってたのかな。

「リフカ、あんたのリュックにろうそく立てを入れる場所はある？」と母さんが言った。

「ろうそく立て？」とわたしは聞き返した。

「持っていくか、ごうつくばりの百姓《ひゃくしょう》に取られるかだもの。じきにあいつらがハゲタカみたいにやってきて、うちを空っぽにしちゃうんだからね」

そのとき、父さんが言った。

「リフカ、アメリカにいる兄さんたちが、おいでって言ってくれてるんだよ。おれたちはロシアを出るんだ。もうここには戻《もど》ってこない、二度とね」

「書類はいらないの？」とわたしは聞いた。

父さんは、ナタンを見て、それからサウルを見て、言った。「時間がないんだよ」

そのときやっと、わたしにも状況《じょうきょう》がのみこめた。

それからみんなで、アヴラムおじさんちの地下室で、逃《に》げる計画を立てた。おじさんが、あなたたちを部屋から閉め出したのは、あなたたちを守るためだったんだよ。

朝になって、兵士が話してるのを聞いたとき、初めてわたしは、おじさんがどうしてあんなに慎重《しんちょう》だったかわかった。計画を知ってるだけで、みんながあぶない。ロシア兵が尋《じん》問《もん》に来ることを考えたら、だれにも、なんにも、話せなかったんだ。

兵士たちは、ナタンのことを話していた。ナタンを見つけたらどうするか。ナタンをかくまってるやつをどうするか。

今、ナタンは、すぐとなりの貨車の中で、麻袋《あさぶくろ》の山の下に隠《かく》れていた。どんなにこわくても、ぜったいに、あいつらに見つけさせちゃだめだって、わたしにはわかっていた。

兵士たちは、うちの家族のこともひどいことを言っていた。あいつらは、わたしのことを知らない。母さんのことも、父さんのことも知らない。ナタンのことだってろくに知らない。ちゃんと知ってたら、あんなにひどく言えるはずがないもの。サウルのおたんこなすのことなら、何を言われたってかまわないけど、ナタンのことをあんなふうには言われたくない。あの人たちは、うちの家族の悪口を言ったけど、それは、わたしたちが何かをしたり、言ったりしたからじゃないの。わたしたちがユダヤ人だからなの。

どうしてなの、トヴァ。どうしてロシアでは、問題が起きたら、いつもユダヤ人のせいになるんだろう。

兵士たちは、銃剣《じゅうけん》を、貨車の荷物や、麻袋《あさぶくろ》や、木箱に、ぐさりぐさりとつき刺《さ》していった。銃の先にはするどくておそろしい刃《は》がついてるの。ああやって、あいつらは捜《さが》すんだ。夜明けの空気の中、板に鋼《はがね》の刃《は》がつき刺さる音が、ぐさりぐさりと響《ひび》いていった。

あたりはうす明るくなっていた。トヴァ、わたしはふるえて立っていたけど、ふるえてるのを隠《かく》すために、ねえちゃんの本をきつくにぎりしめていた。何か気づかれないかと、気が気じゃなかった。

ほんの一瞬《いっしゅん》、わたしは、母さんと父さんの隠れている貨車の方に目をやった。二人から勇気をもらいたかった。でも、その一瞬の動きが、兵士の目にとまった。

「おい！　そこのおまえ！」

兵士たちは、線路沿いをいそぎ足でやってきた。一人の男は、ひげもじゃの四角い顔をして、横に裂《さ》けたみたいな大きい口をしていた。わたしを前から知ってたみたいに、厚かましく、じろじろと見つめた。そしたら、何か気が変わったみたいだ。そして、わたしの髪《かみ》にさわろうとした。

その時、わたしには父さんのたくらみがわかった。いろんな人が、わたしのこの金髪《きんぱつ》の巻き毛をふしぎがって聞いてきたっけ。

トヴァ、あなたはよく、女の子は見かけだけじゃないのよって言ってたよね。頭の方がよっぽど大切だって。でもそのとき、その兵士に、上から下まで、カーチフからはみ出た髪《かみ》も、はき古した靴《くつ》も、じろじろと見つめられたときは、わたしは自分の見かけだけがたよりだったよ。

髪をさわられるのは、ものすごくいやだった。思わず男の手をはらいのけちゃったりしないように、本をぎゅっとにぎりしめていた。そんなことしたらだめだ、怒《おこ》らせちゃだめだって、わかっていた。怒らせたら、自分の命だけじゃない、母さんや父さんの命も、兄ちゃんたちの命も、あぶなくなるんだって、わかっていた。

ひげもじゃの兵士は、わたしの巻き毛をいじりまわした。わたしのことを見る目は、なんていうか、自分はお腹がぺこぺこで、わたしのことを、お母さんの焼いたあまい菓子《かし》パンかなんかだと思ってるみたいだった。でもわたしは動かなかった。心の中は、ねじれあがって、固くしぼったぞうきんみたいだったけど、外側は平然としてたんだよ。

父さんは勇気がある。兵士なんかへっちゃらだ。兵士が何人もうちにやってきた時のことを思い出す。うちにどやどやと入ってきて、父さんのはいてた新しいブーツに目をつけた。シュロモおじさんが余りの革で作ってくれたブーツだった。ブーツをよこせって兵士が言った。でも父さんは従わなかった。ムチでぶたれても、父さんは渡《わた》さなかった。あいつらは、ブーツ一足のために、父さんを殺しかねなかった。でもその時、大部隊が行進してきて、みんなそっちに行かなくちゃいけなかった。それで最後にもう一度、すごく強く、父さんをムチでひっぱたいた。父さんは口から血が出たけど、あいつらはなんにも持たずに出ていった。

でも、あれは父さんの勇気だ。父さんはどうして、わたしにもそんな勇気があると思ったんだろう。

勇気があろうがなかろうが、うちの中で、ロシア兵の相手ができるのはわたしだけ。金《きん》髪《ぱつ》と青い目をしてるから。父さんも、母さんも、兄ちゃんたちも、みんな黒い髪《かみ》にユダヤの顔立ちをしてるから、ロシア人のお百姓《ひゃくしょう》のふりができるのは、わたしだけだ。

それから、あなたも知ってるように、うちの中で、イディッシュ語なまりのないロシア語をしゃべれるのも、わたしだけ。よく、アヴラムおじさんに、リフカはことばのお宝を持ってるねって言われたっけ。トヴァ、それはいったい、どういうお宝?

兵士はべとべとした指でわたしの巻き毛にさわった。ニシンと玉ねぎのにおいがぷーんとした。

「学校に行く時間じゃないのか」と兵士は厳しく言った。

のどの奥《おく》、声が出てくるはずの場所で、心臓がドクンドクンと打っていた。リフカの口は井戸《いど》みたいにことばがわいてくる口だねって、母さんにいつも言われてたし、あなたにも、必要のないときにはしゃべらなくていいって、よく言われたよね。自分がおしゃべりなのはわかってる。でも、兵士に髪をいじくられていたその間、わたしはこわくてこわくて、ことばなんか、なんにも出てこなかったんだよ。

「どこから来た。ここで何をしているんだ」

「ここで汽車に乗ろうと思って」とわたしは声をしぼり出して、ロシア語で答えた。安息《あんそく》日《び》に火をともしに来る、百姓娘《ひゃくしょうむすめ》のカーチャのしゃべり方をまねして。

「おっかさんがお金持ちの家に奉公《ほうこう》に行けっていうの」

「まだ子どもじゃないか、家を出るには早すぎるだろう」とひげもじゃの兵士が言いながら、わたしの髪《かみ》の先をつまんで、それで自分の手のひらをなぞった。「こんなにかわいい顔をして」

「あたいもそう言ったのに、おっかさんがどうしても奉公に行かなくちゃだめだっていうの」

兵士は笑った。「ベルディチェフに残った方がいい。おれがもっといい仕事を見つけてやるよ」

「そうしたいけど」とわたしは言って、ひげもじゃのこぎたない顔を見つめた。

父さんは、何を話せばいいのか教えてくれなかった。ただ、気をそらすように言っただけだ。

兵士がこの男一人だけだったら、汽車が駅を出るまで、なんとか気をそらすことができたと思う。

でも二人目がいた。そっちの男はやせた顔で、背すじをピンとのばしていた。テテレフ川の水みたいな目をしていた。雪が溶《と》けるとあらわれて、うずを巻いてごうごうと流れていく、緑色の氷水。わたしの金髪《きんぱつ》の巻き毛も、その男には効き目がなかった。

「ほうっておけ。その女のまわりの貨車を探《さぐ》れ」

やせた兵士は冷たく言いはなった。

わたしののど元で、心臓がばくばくした。兵士をみんなから遠ざけておかないといけないんだ。アヴラムおじさんが加勢に来てくれるまで。そういう手はずになっていた。トヴァ、わたしは、おじさんが早く来てくれるように必死で念じながら、あなたにいつも言われてたとおりに、頭を使ってちゃんと考えて、こう言ったんだよ。

「陸軍の兵隊さんでしょ？　わたし、陸軍のことならよく知ってるのよ」

緑の氷みたいな目の兵士が、わたしのことをじっと見て、「知ってることを話せ」と言った。

「あのね、九つのときにドイツの兵隊さんを見たの。ドイツの兵隊さんって、見たことある？」

兵士は、二人とも、ドイツの兵隊のことをよく覚えているようだった。

「ドイツ人は飛行機に乗ってきたの。すごくやかましい飛行機だったのよ」

わたしは両手で耳をふさいで、プーシキンの本で自分を叩《たた》いた。背すじをピンとのばした兵士がわたしをにらみつけた。

「ドイツ人のパイロットがいてね。おなかの大きな太った人でね。どうやって操縦席におさまったか、ふしぎなくらい。あんな小さな飛行機に、あんな大きなドイツ人」

やせた方の兵士がふり向いて、目を細くして何かを見つめた。線路の向こうのやぶで何かが動いた。兵士はライフルをかまえて、やぶに向けて撃《う》った。鳥が二羽、ばたばたと飛び立った。

わたしは早口になって言った。

「そのドイツ人があたしのことをとってもかわいがってくれてね。アメを買ってくれたり、散歩に連れてってくれたりしたの。飛行機にも乗っけてくれて、プロペラもまわしてくれたの。でもそのとき、あたしはなんだかこわくなって、飛行機から飛びおりちゃったの」

早口過ぎることはわかってた。うちでこんな話し方したら、サウルがいつもいらいらするんだよ。

ゆっくり話そうと思ったけど、できなかった。次から次へと、ことばがあふれ出してきた。わたしが話をしつづける。それをこの人たちが聞きつづける。そしたら、汽車の中を捜《さが》す時間がなくなっていく。

「あたしがその太ったドイツ人の飛行機から飛びおりたら、泥《どろ》んこの中で、泥だらけになっちゃって、悪魔《あくま》に追いかけられてるみたいに、自分んちに走っていったの。待て待てーってドイツ人が追いかけてきたけど、待つなんてとんでもなくて、それであたし……」

「やめろ」とやせた兵士が大声で言った。「いい加減にしろ」

それから、わたしを押《お》しのけて、後ろの貨車に入っていって、貨車の中のわら山に、銃《じゅう》剣《けん》をつき刺《さ》した。

わたしはひげもじゃの兵士に聞いた。「何かあったの？　何をさがしているの？」

こわかった。ほんとにこわかったけど、なんとかそれを声に出さないようにした。

やせた兵士が貨車の入り口に出てきた。銃剣《じゅうけん》の先に、わたしのリュックがぶら下がっていた。「これは何だ?」

わたしはとっさに考えた。この男がリュックの中のあのユダヤ風のろうそく立てを見つけたら、うちの家族はおしまいだって。

「身のまわりの物。それなしじゃ行かれないでしょ」とわたしは言った。

兵士たちは言いあいを始めた。

「いいじゃないか。母親に売られただけの、ただの百姓娘《ひゃくしょうむすめ》だ」とひげもじゃが言った。

やせた兵士は疑わしそうに目を細めて言った。

「何か隠《かく》してるんじゃねえか」

「何を隠してるっていうんだよ」

「服にしちゃ重すぎる」とやせた兵士はわたしをにらみつけて言った。そして銃剣の先のリュックを揺《ゆ》さぶった。

「おい、何が入ってるんだ」

「何が入ってると思ってるんだよ」とひげもじゃが言った。

「ユダヤ人でも隠《かく》れてるっていうのかい。ネブロトの野郎《やろう》には関係ねえよ。この子は、見かけもことばも、ユダヤ人なんかじゃねえ」

やせた兵士は貨車から飛びおりて、リュックを地面に投げ捨てた。それはゴツンと固い音を立てて落ちた。

「何が入っているんだ」

やせた兵士が、そう言いながら、カミソリみたいな銃剣の刃《は》でリュックを切《き》り裂《さ》こうとした。

「本です、こんな本」

わたしはあなたにもらったプーシキンをかかげてみせた。「本を読むのが好きなのよ」

兵士は、わたしの顔を見て考えこんだけど、袋《ふくろ》は切り裂かなかった。そして次の貨車へ向かって歩き始めた。ナタンのいる貨車だった。どうやって引《ひ》き戻《もど》したらいいのか、わたしにはわからなかった。

そのときだ。アヴラムおじさんが現れたんだよ、トヴァ。工場の偽装《ぎそう》工作がやっと終わった！

「番兵さんよ！　こっちに来てくださらんか」

おじさんが林の方から叫《さけ》んだ。

兵士たちはおじさんの声の方を見た。わたしもふり返った。道の両側の木のせいで、おじさんは小さく見えた。背が低くて、ずんぐりして、赤毛のひげがコートの前に垂れていた。そのコートの匂《にお》いをふと思い出した。

おじさんと父さんと母さんが、この計画を立てた。母さんは、おじさんを巻きこみたくないって言ってたけど、おじさんは手伝うと言って聞かなかった。そして兵隊に疑われないように事を運んでやると言った。子どもひとりの肩《かた》に一家全員の運命を背負わせちゃだめだと、おじさんは父さんに言った。

そのときは、その言い方が気に入らなかった。子どもあつかいされた、バカにされたと思った。でも、今朝になって、兵士を呼ぶおじさんの声があたりにひびきわたったときは、ああ、トヴァ、わたしはどんなにほーっとしたか。

「番兵さん！」とアヴラムおじさんはまた叫《さけ》んだ。「うちの工場だ！　うちの工場にだれかが押《お》し入ったんだよ」

おじさんは名優だった。あなたは見たことないかもしれないけどね。

兵士たちは朝の日ざしに目を細くした。二人とも、おじさんのことは見知っていたようだけど、やせた方は動くつもりはぜんぜんなさそうだった。

「出発前に汽車全体を調べないと。あいつはユダヤ人じゃないか。ユダヤ人なんかに関わらなくていい」

やせた方がひげもじゃに言った。ひげもじゃの方は迷っていた。

「行かないとめんどうなことになる。あれはアヴラム・アブロムソンだ。おれは一度、あそこの工場に伝令に行った。顔が広くて、いろんな人間とつながってるやつなんだよ」

「来ておくれ!」とアヴラムおじさんはせかした。「急いだ、急いだ! 一日じゅう待ってるわけにゃいかないんだよ」

おどろいた。おじさんたら、そんな口をきいて、撃《う》ち殺されやしないかとはらはらした。うちの父さんだったら、その場で撃《う》たれてたはずだ。でも、おじさんは大丈夫《だいじょうぶ》だった。兵士たちはそっちに向かった。村の有力者だって知ってたけど、トヴァ、こんなにすごいとは思わなかったよ。兵士たちは汽車のそばにわたしを放って、空き地を通って、工場の方へ歩いていった。わたしは祈《いの》った、ほんとにどろぼうが入ったみたいに見えますように。そしてどうか、アヴラムおじさんが疑われたりしませんようにって。

列車の汽笛が鳴った。一回。そしてもう一回。そのとき、ひげもじゃの兵士とおじさんは、道の向こうに見えなくなった。やせた兵士はわたしの方をふり返って見た。今にも気を変えて、調べにもどってきそうに見えた。でもやっぱり、林の中に見えなくなった。

列車は、線路の上をきしみながら少し後ろに下がり、それから前に進みはじめた。ゆっくりと、ベルディチェフの外へ向かって。

わたしは足が速い。サウルから逃《に》げまわってるうちに、速く走れるようになった。だから、列車に追いつくのはかんたんだった。わたしはリュックを地面から拾いあげて、貨車の中へ投げ入れた。走ったら、ブーツから小石が跳《は》ねあがった。それから貨車に飛び乗って、腹ばいになって、自分をずり上げた。

そして、人に見られないように、いそいで貨車の中の荷物のかげにもぐりこんだ。そこは温かくて、濃《こ》いにおいがした。牛みたいなにおい。ルツばあちゃんの雌牛《めうし》、あの、おっとりしたフルシレを思い出した。

トヴァ、わたしは今、あなたに手紙を書いている。学校用のいい鉛筆《えんぴつ》で、プーシキン詩集の最初の、何も書いてないページに。本がだめにならないように、ていねいに、小さな字で書くね。もらった本をよごしてしまって、ごめんね、トヴァ。ほかに紙がないの。この手紙、届くはずもないけど、書いてるだけでいいんだ。こわいのが減っていく。あなたは、いつもほんとのお姉さんみたいで、そうしてただ一人の友だちだった。もう二度と話ができないかもしれないなんて、考えたくもない。だからわたしは、旅の記録をあなたにあてて書くことにする。そうやって、あなたとつながっていたい。

今、わたしたちはポーランド国境へ向かっている。知ってるのはそれだけ。そこのことばも知らないのに。ポーランドっていったいどんなところなのかな。そしてその先のアメリカは？　そこにいる、もうすぐ会える、三人のお兄さんたちは？　そのアメリカに、わたしももうすぐ住むことになるなんて、まだ信じられない。

シャローム、わたしの小さな家。シャローム、わたしの親戚《しんせき》。シャローム、ベルディチェフ、そしてかわいがってくれたルツばあちゃん。シャローム、ハンナとアンナおばさんとアヴラムおじさん。でもだれよりも、トヴァ、あなたに。
シャローム、元気でね。

リフカより

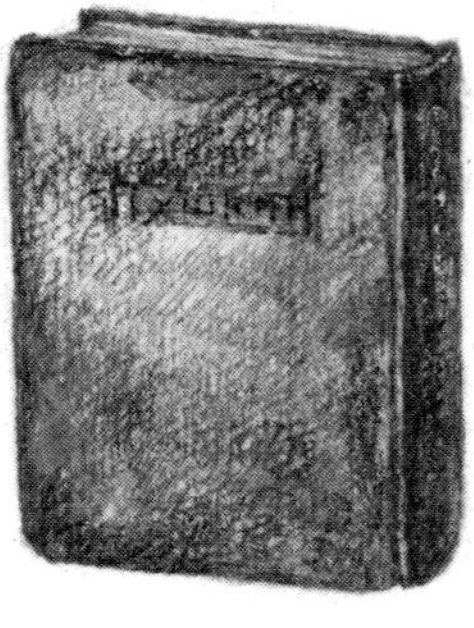

1919年9月3日
ポーランド

……かれ剣《つるぎ》もてわが胸を切《き》り裂《さ》き
わななく心の臓をばつかみいだして
炎《ほのお》ゆらめく炭の火を
たち割られたる胸にぞいれぬ……

プーシキン

大好きなトヴァ

運がよかったんだと思う。ポーランドの国境につくまでは、なんにも起きなかった。無事にいった。でも国境についたら、兵士が乗りこんできた。

「列車から降りろ！」

ずんぐりした兵士が命令した。丸くて赤い顔をしてるくせに、いやにとんがった声を出す男だった。

「持ち物もぜんぶ列車から出せ。服をぬげ。ポーランドに入国する前に、医師による検査がある」

とんでもないよ、こんな線路の上で、服をぬげだなんて。あなたは、背中がまがってい
たから、よく医者に見てもらいにいってたけど……やっぱり、こんな目にあってたの？

もちろん、抵抗《ていこう》した。そんなところではだかになれるわけないもの。

「言われたとおりにしろ！」と兵士があたしにむかって吠《ほ》え立てた。「さもないと国に送り返す。お前ら全員だ！」

その声はほんとに荒々《あらあら》しくって、乱暴で、あれを聞いたら、この男は、ほんとに平気で、わたしたちをロシアの警察に引き渡《わた》すだろうってことがわかった。

それはだめだ。わたしのせいで、みんながベルディチェフに送り返されちゃだめだ。わたしは服をぬいだ。

夕暮れで、光は弱まっていく一方だった。貨車の外に出て、母さんのそばで、からだをちぢめて、下着のパンツ一枚になった。ラケルおばさんが作ってくれた。白い綿《めん》のかわいいパンツだ。おばさんは二枚作ってくれたけど、去年の夏、テテレフ川に泳ぎに行ったとき、一枚盗《ぬす》まれちゃった。

ロシア人が、わたしの家族から取り上げた物……。線路の上に立って考えていたら、も

のすごく腹が立ってきた。どうしてなの、トヴァ。欲しい物が手に入らないからといって、ロシア人の百姓《ひゃくしょう》が、ユダヤ人から物を取っていい理由にはならないよ。

父さんと兄ちゃんたちは、貨車の反対側ではだかになってた。少なくとも、あいつらに、男と女を分けるだけの常識はあったたってわけだ。

母さんとわたしは、線路沿いのかわいた草の上にかばんを置いて、その上にたたんだ服を置いた。そしたら兵士が来て、服や持ち物をどこかに持っていってしまった。わたしのリュックも、母さんのろうそく立ても。

返してよとあたしがさけぶ前に、お医者さんがやって来た。

そして、何かうなった。ことばはわからなかったけど、言いたいことはわかった。パンツもぬげ、と言ったんだ。

そのお医者からは、吐《は》いたものと強いお酒のにおいがした。くさい息がわたしののどにつまって、吐《は》き気《け》がしそうだった。でも母さんは、においに気づかないようで、医者に向かって、にこにこしながら、うなずいてみせた。ロシアへ送り返されないために、やってたんだと思う。でなきゃ、あんなふうにふるまったりできるはずがないもの。

パンツをぬぐときは、母さんが、自分のからだでわたしを隠《かく》してくれた。母さんの乳房《ちぶさ》の間に、いつもつけてる金のロケットがぶらさがってるのが見えた。「今だけは口をきくんじゃないよ、リフカ」と母さんはささやいた。「あたしの後ろにいるんだよ」

わたしははだかをできるだけ手で隠した。でも母さんは、ポーランド人の医者の前ですっぱだかになるなんて、どうってことありませんわよってふうにふるまっていた。まるで毎日やってるみたいに。そういうフリをしてた、と思う、わたしを守るために。

医者は、わたしたちを診察《しんさつ》した。母さんには長い時間をかけた。うそみたいだったよ、この強い女と、前の晩あなたの家の地下室で泣いてた母さんが、同一人物だってことが。医者は母さんに気を取られすぎて、わたしのことをほとんど見なかったくらいだ。

ようやく医者がわたしを見た。鳥肌《とりはだ》が立った。あなたは現実的だから、寒いところに立ってたからだって言うだろうけど、この鳥肌は、寒さのせいじゃない。

医者に見られている自分は、すごく「きたない」ものみたいに感じた。医者は、目と、口の中と、髪《かみ》の毛《け》を調べて、ロシア語で言った。「おまえは病気か？」

わたしはずっと下を向いていた。医者を見る気になれなかった。わたしは医者を見るかわりに、自分の足指をじっと見つめた。足指は線路の石ころをつかんで、ぎゅっと丸まっていた。あんたなんか、いなくなれ、いなくなれ、とわたしは心でずっととなえていた。医者が何かどなった。ポーランド語だった。母さんが医者と話をした。

そして、わたしの手を引いて、小さな建物へ行った。そこで、女の人が、噴霧器《ふんむき》で、わたしたちに、とんでもないものを浴びせかけた。皮膚《ひふ》も、頭の皮も、鼻も、目も、焼けただれた。

とうとうポーランド人の兵士が、列車へもどってもいいと言った。服やかばんを返してくれたけれど、それは消毒薬のにおいがすごくくさくて、あんまりくさくて目にしみた。でも悪いことはまだあった。返されたリュックは、前みたいに重くなかった。中身を床《ゆか》にぜんぶ出して確かめたら、ろうそく立てがなくなっていた。

「ああ、とられちゃったのね」と母さんは言った。「このくらいで済んでよかったよ、リフカ。もっと悪いことだってあり得たものね。ほら、泣くのはやめて、服を着てしまいなさい」

父さんたちがもどる前に、わたしたちは服を着た。父さんとナタンとサウルが貨車に入ってきたとき、母さんが安心して、ため息をついた。

わたしは、父さんたちのはだかから、目をそむけた。なんで、ポーランド人は、うちの父さんや兄ちゃんに、こんなことができるの？　なんで、ポーランド人は、わたしに、こんなことができるの？

父さんたちが服を着終わる前に、列車は動き始めた。こうやって、わたしたちはポーランドに入国した。

これまでよその国に行ったことはなかった。自分の村だって出たことがなかった。トヴァ、あなたも知ってるよね、ロシア人がどうやってユダヤ人をしばりつけるか。あたしたちは囚人扱《しゅうじんあつか》い、旅行する許可なんて、ぜったい下りない。あなたにとってはロシアはそんなに悪い国じゃないのかもね。お金があれば、ユダヤ人にとっても、ロシアはけっこう住みやすいかもしれないね。わたしたちにとっては牢獄《ろうごく》みたいだった。

ポーランドは、ベルディチェフとあんまりちがわない。同じような、ひしゃげた家。同じような、がたがた道。同じような、こわれかけの塀《へい》が、砂ぼこりの中でかたむいている。列車から外を見ると、みんな、わたしたちと同じような服を着てるのが見える。茶色や、黒の色の服。何枚も何枚も、重ねて着ている。女は、頭をカーチフでおおい隠《かく》している。男は、足首まで、コートやブーツで隠して重たげに歩いていく。アメリカでもこんな感じなのかな。

今日はここまで。頭がずきずきするし、からだも痛い。みんな、今日一日に起こったことのせいだ。

シャローム、わたしのいとこに。

リフカより

1919年10月5日
モツィフ ポーランド

ゆくりなき空《むな》しい贈《おく》り物《もの》——いのちよ
おまえはなぜにわたしのものなのか？
おまえはひそかなさだめによって
なぜに苦しみを言《い》い渡《わた》されているのか？
プーシキン

トヴァへ
もうアメリカに着いてるころだと思ってたのに、まだみんなポーランドにいる。病気になっちゃったの。

最初はわたしだった。ポーランドの国境を越《こ》えてすぐ、足が痛くなった。それから頭が痛くなった。父さんに言ったんだ。

「つかれたよ。薬をかけられたせいで、ぐあいが悪くなった」

モツィフに着くころには、頭がガンガン痛くて、からだも、列車にひかれたみたいに痛かった。ただ寝《ね》ていたかった。列車の揺《ゆ》れが、つらくてたまらなかった。おりたい、おりようと、わたしは父さんにせがんだ。

母さんと父さんは、モツィフでおりることにした。父さんのいとこがこの町にいるなんて、ぜんぜん知らなかった。あなたも知らなかったでしょ。父さんのいとこの家には、人を泊《と》められるような部屋はなかったけど、泊めてくれた。

モツィフについて最初の数週間に起こったことは、あんまり覚えてない。父さんのいとこの家の物置小屋の地べたで寝《ね》た。そして、夢を見た。すごくこわい夢、駅の兵士や、コサックに追いかけられる夢。さいごは森全体が追いかけてくるの。ほんとうにこわかった。ぜんぜん動けなかった。石の山の下にとじこめられたような感じだった。

父さんがひざをついて、ぬらした布を頭にのせてくれたのは覚えてる。父さんは看病がうまいんだけど、その布をわたしの目の上に置くたびに、わたしは、布の重みで頭がつぶれて、床《ゆか》にめりこんでいくかと思った。

いやいやしてふりおとそうと思ったけど、ちょっとでも動くと、痛みがからだのなかで爆発《ばくはつ》した。やめてやめてと父さんに言いたかったけど、声が出なかった。息を吸うのもむずかしかった。胸が重たくのしかかってきた。

サウルがいうには、医学部の学生さんが来て、わたしを診察《しんさつ》してくれたんだって。父さんが、ロシア語を話せる人をさがしてきたそうだ。そのころには、わきの下も背中じゅうも、おなかにも、ぶつぶつが出ていた。せきも出た。せきこむたびに、からだがまっ二つに裂《さ》けるかもしれないと思った。

発疹《はっしん》チフスだった。

医学生は言った。「ロシアで感染したんですよ。この子が関わった誰《だれ》かにうつされたんですね」

やせこけて、顔じゅうに天然痘《てんねんとう》のあとがある人だった。わたしは、この人に、ちがうと言いたかった。ロシアでうつされた病気じゃない。どこでうつされたかわかってる。ポーランドの国境のお医者さんだよ。そう説明したかったけど、話すこともできなかった。

「この病気のことはだれにも話しちゃいけません」と医学生は父さんに言った。「いとこの方にもです。この子は、多分、死にます。感染したら死ぬ。チフスっていうのはそういう病気なんです」

ほかのことは覚えてないの、トヴァ、でも、それだけは覚えてる。そのことばが、熱と痛みの間をすりぬけて、ちゃんとととどいた。聞こえたときには、いっそ死んじゃえばいいのにと思った。死んじゃえば、苦しまなくてすむのにって。

でも、もし死んじゃったら、アメリカに行けないじゃない。

母さんが泣いてた。母さんに言おうとした、死なないよって、どうしてもアメリカに行きたいんだよって。でも母さんには聞こえなかった。だれも、わたしのことばが聞こえなかった。

「ぼくは、みなさんを、全員ロシアに送り返すべきなんです。でも、この子には長旅は無理ですね」

父さんは、そんなことはしないでくれと必死で頼《たの》んだ。「あの子はわたしが看病しますから」

医学生はそれで納得《なっとく》した。

からだの中でチフスが暴れはじめると、わたしはただ眠《ねむ》った。みすぼらしい物置小屋の地べたの上で、わたしはこんこんと眠りつづけた。

そのうち、母さんと父さんとナタンも病気になった。三人ともチフスだった。サウルだけがなんともなかった。トゥヴァ、サウルったら、まったく雄牛《おうし》みたいに頑丈《がんじょう》なんだよ。

男が三人やってきて、母さんと父さんとナタンを荷車に乗せて、病院へ連れて行った。モッィフのはじっこにある病院だ。

わたしは三人が連れていかれるのを見て、泣いた。まだぐあいが悪かったけど、三人を見て泣いた。その人たちが父さんを運び出して、荷車の中の母さんのとなりに横たえるのを見たとき、人生もう終わったと思った。

「わたしも行く！」と泣きわめいた。でも、母さんや父さんやナタンに比べると、ずいぶんよくなってたの。

「モッィフはチフスであふれ返っている」と車を押《お》す人が言った。「ベッドは、死んでいく人たちのためにとっとかないとだめなんだよ」

わたしは、よりにもよって、サウルと置き去りになっちゃった。やさしいことなんて言ってくれたこともないサウル。わたしの髪《かみ》をひっぱったりたたいたりして、十六にもなって何なのと母さんにしかられるサウル。大きな耳と足をしたサウル。看病してくれるのは、そんなサウルだけなんだ。

チフスで死ななかったのは、奇跡《きせき》だった。サウルは思い出したようにときどき、口に水をあてがってくれた。

夢をみてるときも、おきてるときも、母さんと父さんとナタンのことが気にかかった。みんなもう死んじゃったかどうか。

「母さんはどこ?」

わたしは目がさめるたびに聞いた。熱でいつもうとうとしていた。

「父さんはどこ?」

サウルは顔をそむけた。わたしはくさかった。サウルが口をきつく閉じているのでそれがわかった。

「寝《ね》てなよ、リフカ」

サウルは言った。いつも同じことをくり返した。

「寝てなってば」

あるとき、目をさますと、サウルが横にひざをついて、わたしの手をおさえていた。サウルの耳のまわりで黒い髪《かみ》がもじゃもじゃもつれていた。「何やってんだよ」とサウルが言った。

夢をみてたのだ。母さんのろうそく立ての夢。それを胸にしっかり抱《だ》いていた。そしたら手が、何十本もの手が、暗闇《くらやみ》から出てきて、取りあげようとした。だからその手をひっかいてやった、あっちいけ、あっちいけ、と。母さんのろうそく立てにさわるな、と。

「ほら、見てみなよ、ひどいぜ」

サウルが自分のシャツのはじっこでわたしの胸をおさえた。わたしは、眠《ねむ》りながら、自分の胸をひっかいていた。胸は血だらけだった。

トヴァ、手に力がなくて、もう書けない。小さな字もよく見えない。でも、また書くから。

リフカより

シャローム

1919年11月3日
モツィフ
ポーランド

われ魂《たま》の渇《かわ》きにさいなまれつつ
おぐらき荒野《こうや》をさまよいゆくほどに――
プーシキン

トヴァへ

だいぶ元気になった。

わたしが起きられるようになったから、サウルは、新しく住む部屋を探してきた。「物置小屋にいつまでもいられないよ」って。父さんの親戚《しんせき》はひきとめなかった。病気と悪運を持ちこまれて、ぎりぎりしかなかった食べ物も取られちゃったからね、当然だと思う。

サウルが見つけてきたのは、ボロボロの安宿だった。宿屋のおじさんは、毎週水曜日に、建物のすぐ外で大きな市《いち》をひらく。商人が売る物を持ってきて、宿屋のおじさんはお茶やパンやお菓子を売る。たくさんお金をもうけてると思う。

市のある日はうるさい。頭の痛い日はたえられない。でも気分のいい日は、そのうるさいのを見てるのがおもしろい。

サウルが言うには、宿のおじさんは、どろぼうなんだって。でも母さんと父さんとナタンが病院からもどるまでは、ここにいなくちゃいけないと思う。

サウルは部屋代と食費をはらうために、仕事を見つけた。村の外の果樹園でりんごを仕分けする仕事。夜が明けるころ、仕事にでかける前に、サウルは外に行って、朝ごはん用の食べ物を買ってくる。ニシンを一匹《ぴき》に、パンを二つ。

毎朝、サウルが食べ物を買ってくると、トヴァ、サウルったら、それをちゃんと二つに分けるんだよ。サウルのほうが大きくて、もっと食べなきゃいけないのに、食べ物は公平に分けるんだよ。

毎日、わたしたちはニシンと丸パンを三口くらいで食べちゃうんだ。そして、指先をなめて、パンくずもていねいにひろって食べる。それから、サウルは出かける。

ある朝、わたしはニシンを一口かじったあと、残りを取っておこうと思った。サウルには、おなかがすいてないからと言った。

うそなの。おなかはいつだってぺこぺこなの。起きてる間は、食べ物のことしか考えてない。眠《ねむ》ると、食べ物の夢をみる。腹ぺこすぎて、ねじれちゃって、痛いくらいだ。

でもその朝思ったのは、このごろ、サウルがすごくよくしてくれるから、わたしも何かしてあげたかったんだ。サウルは働いてるから、わたしよりも食べなきゃいけない。わたしの朝ごはんを残しておけば、サウルが夕方帰ってきたとき、食べられる。

まだ歩くのはつらかったけど、起きあがって、ニシンとパンを、ベッドの近くのたなにしまいに行かなくちゃいけなかった。遠くに置いておかないと食べちゃうから。おなかはすきすぎて痛いくらいだった。いいことを考えたのに、だめなわたし、たなの戸を閉めるまえに、もう一口ニシンを食べちゃった。自分ばっかりって思わないでね、トヴァ。たいせつな食べ物をそこに置くと、ベッドにたおれこんで眠りこんだ。

何か、動く気配を感じて、目がさめた。

一瞬《いっしゅん》サウルが帰ってきたのかと思ったけど、サウルじゃなかった。宿屋のおじさんの娘《むすめ》だった。ベッドのはじにすわって、てかてかした、太い、三つ編みを、背中に垂らして、そして、何かを食べていた。ニシンと、パンだ。たなの戸は開いていた。食べてるのは、わたしのニシンとパンだった！

「どろぼう！」わたしはロシア語で叫《さけ》んだ。「わたしの食べ物だよ、返してよ！」

その子は無視して、ベッドにすわって食べつづけた。

わたしはパンを取《と》りもどそうとした。でも、その子はわたしを押《お》しのけて、それから、トヴァ、笑ったんだよ、わたしのことを。

自分はちゃんと食べてるのに。部屋の前を通るときは、いつも口に何か入れて、木の実をほおばったリスみたいに、まっかなほっぺたをいつもふくらませて、くちゃくちゃ噛《か》んでいる。ずっとのぞき見してたんだ。わたしが食べ物をたなにしまうのを見て、入ってきて、食べちゃったんだ。

あの人たちは、パンなんていつでも手に入るのに。それがここのおじさんの仕事なんだもの。サウルとわたしが二人でよどんでいるこの部屋、すきま風だらけの部屋。からだをひきずって、ここから出て、ふらふらしながら、ならべてあるパンをみつめてたことがある。それはみんな、ここの宿屋のおじさんの物なの。おなかが空《す》いてしかたないのに、だれもなんにもくれなかった。あの子は、いつも何か食べている。舌をぺろっと出して、ぱくりとパンを食べちゃう。あの子はここの食べ物はみんな食べていいんだよ。それなのにわたしから食べ物を盗《と》る。

その晩サウルが帰ってくると、わたしは食べ物を盗《と》られたことを話した。サウルなら、あの子をつかまえて、こらしめてくれるだろうと思った。でも、サウルは言った。「残すなよ、リフカ。全部食べなよ。そしたら、だれにも盗《と》られないだろ」

たったそれだけ。

サウルが一日中いないから、わたしはひとりぼっちだ。サウルがいたって遊び相手になるわけじゃないけど、一人でいるのは大きらい。母さんもいない。父さんもいない。ベルディチェフでは、あなたのところに行けた。アンナおばさんやルツばあちゃんのところにも、行けた。

でも今、わたしは知らない国にいる。だれもいない。どこにも行けない。宿屋の子のところなんか死んでも行きたくない。あんなどろぼうのとこなんか。

だから、歩けるようになると、わたしはモツィフの町を歩き回った。平たく広がった病院へ行く道もみつけた。母さんが収容されている病院への道。母さんの病室の窓の外に壁《かべ》の出っぱりがあった。そこによじのぼって、母さんの姿をのぞき見た。

母さんはせまいベッドに寝《ね》て、かけてある布と同じくらい、真っ白な顔をしていた。何もかも白くて、髪《かみ》だけが黒かった。母さんの髪は白い布についた黒いしみみたいで、目は閉じたままで、濃《こ》いまつげが白いほおにかかっていた。トヴァ、母さんはまるで死んでるみたいだった。わたしはそこでずっと見ていた。母さんが動くのを待っていた。

病院の人たちに見つかると、しかられた。建物のまわりから追いはらわれた。わかってもらえなかった。母さんが動くのを見たかったのに。生きてるって確かめたかったのに。だから次の日も行った。その次の日も、その次の日も。

トヴァ、ポーランド語を聞いてて、意味がわかるようになってきた。病院の人たちのじゃまをしちゃいけないのはわかる。とくべつ頭を使わなくたってわかる。でも、母さんからはなれられなかった。

そして今朝のことだ。壁《かべ》の出っぱりによじのぼって母さんを見ているところをお医者さんに見つかった。でも追いはらわれなかった。ただお医者さんに、壁から、おろされた。

「何をしているんだい」とお医者さんは聞いた。

「母さんの番をしてるの」

「チフスにかかったことはあるかい？」

「あります。でもなおりました」

お医者さんは「おいで」と言って、病院の中へ連れてってくれて、母さんのベッドのわきの椅子《いす》に座らせてくれた。

「一度チフスにかかったら、もう二度とかからないんだよ。きみはお母さんのそばにいても大丈夫《だいじょうぶ》。かえってお母さんにはいいかもしれない」

それでわたしは母さんの手をにぎって、今日は日が暮れるまで、ずっと母さんに話しかけていた。

大きなおイモまで食べさせてもらった。患者《かんじゃ》さんたちに食事を配達にきたおばさんがくれたんだよ。

トヴァ、ほんとにおいしいおイモだった。病気になってから、何もかもがおいしく感じる。わたしはすごくやせちゃった。でもサウルはちがう。サウルはいまじゃ馬みたいに大きい。ロシアを出てからそんなに日が経《た》ってないのに、足はものすごく長くなった。サウルの足がズボンから突《つ》き出《で》てるとこを見せたいよ。もってるものをぜんぶ着ても、下着を着て、服を二枚着て、上に外套《がいとう》を着て、マフラーでぐるぐる巻きにしていても、太って見えないの。ベルディチェフでロシア兵がユダヤ人の家を調べに来たよね、許可されてる以上の物を持ってないかって。ロシア兵が来るって聞くと、いつも母さんは言った。「リフカ、服をみんな重ねて着るんだよ」だから、わたしはいそいで、何もかも頭からかぶって着こんで、家の前で、見張りをした。兵士は、部屋を見てまわった。なんでも二つ以上は持っていてはいけない決まりだった。でもうちには余分な物なんかどこにもなかった。あなたの家には、高そうなものがいくつもあったけど、調べに来なかったでしょ。

あたしは、兵士によく言われた。「ずいぶん太った子だな」って。服を何枚も着て、外《がい》套《とう》やマフラーでぐるぐる巻きになってると、たるみたいにずんぐりしてまん丸く見えたんだと思う。

今のわたしは、丸くはないけど、まだ背は低い。トヴァ、いつかは背はのびるかな。アメリカじゃ背が低くてもいいかもね。ルツばあちゃんもアメリカに行けたらいいのにな。

そしたらチビがふたりになるよ。

ルツばあちゃんもアメリカに行けたらいいのにな。ばあちゃんがロシアに残ってるのは、あなたやハンナやアヴラムおじさんとは、理由がちがう。ロシアが居心地よくて安全だからじゃないよ。ルツばあちゃんが残るのは、出て行くのがこわいから。ものごとが変わっていくのがこわいから。わたしだって、こわいけれど、もどりたくなるほどじゃない。

あなたも、ハンナも、アヴラムおじさんもアンナおばさんもルツばあちゃんも、ほかの人たちも、みんないっしょにアメリカに行けたらいいのにな。わたしは、頭のいい、よく考える人間になりたい。トヴァ、家族といっしょにいれば、もっともっと、そういう人間になれると思うんだ。

シャローム、わたしのいとこに。

リフカより

1919年11月27日 ワルシャワへ向かう道

……われらは望みに疲《つか》れはてて
きよき自由のときをまつ……
プーシキン

トヴァへ

モツィフの病院では、チフスにかかった人たちがたくさん死んでいった。うちは、生きのびた。今、やっと、ワルシャワへ向かっている。わたし、母さん、父さん、ナタンと、サウル、みんなで。

ワルシャワで、蒸気船のきっぷを買うためのお金を受け取るんだよ。わたしのお兄さんたち、イサークとルベンとアシェルが、がんばって働いて、わたしたちのアメリカ行きのお金をためてくれたの。このお兄さんたちは、十四年も前にロシアをはなれた。わたしが生まれる前だ。あなたは覚えてる？

お兄さんで、家族だけど、会ったことがない。父さんは、三人からの手紙をいくつも見せてくれた。でもそれは、わたしにとっては、遠い国の知らない人からのただの手紙だ。ロシアから逃《に》げ出《だ》す前の日、村の掲示板《けいじばん》に、赤十字からの伝言が張ってあった。イサークとルベンとアシェルからの、わたしたちあてのメッセージが届いてますということだった。わたしは走って、あなたに伝えに行った。トヴァ、あの張り紙は、まだ村のまん中に張ってある?

ワルシャワって、きっとすばらしいところだと思う。モツィフの人が「ワルシャワ」って言うとき、声が深くなって、ことばの最後で、一瞬《いっしゅん》、息を吐《は》き出《だ》すようにする。「ヴァルシャーヴァー(はー)!」ってふうに。ベルディチェフで、アメリカの話をするときみたいに。

汽車の窓から見えるのは、牛たちが、小さな群れごとにかたまって、黄色くなった草を食べてるところだ。ベルディチェフの牛を思い出すよ。お百姓《ひゃくしょう》の女の子たちが、日暮れになると、うちの前を、牛を追いながら通っていった。あそこの牛は、ここの牛ほどやせてなかった。わたしは、家の前の階段にすわって、太った茶色い牛がどしどし歩いていくのを見るのが好きだった。その一歩一歩に地面がふるえた。太陽が火の玉みたいになって、沈《しず》んでいったっけ。お百姓《ひゃくしょう》の女の子たちは、とってもきれいなハーモニーをつくって歌った。プーシキンを読むと、あの牛を思い出す。あの子たちの歌を思い出す。ポーランドは寒くて、平たくて、色がない。松の木しか生えてない。汽車の窓からは、低くてさみしげな松の木しか見えない。春になったら、もう少しきれいになるのかな。花も咲《さ》くのかな。空も、灰色じゃない色になるのかな。でも今はもうすぐ十二月で、わたしはポーランドの寒さの中でふるえているだけ。

母さんと父さんとナタンは、すっかり変わってしまって、なんだかへんだ。ベルディチェフでは、母さんがいたから、うちは、お金はなくても、みんな元気だった。母さんの作るパンはすごくおいしい。母さんからはいつもイーストのにおいがした。よく、母さんのお使いで、あなたの家に、かごを、菓子《かし》パンやケーキや、重たくて黒いライ麦パンでいっぱいにして、持っていったよね。でも今は、母さんは何も作らない。父さんの黒い目は、チフスの後、かがやきがなくなっちゃった。母さんの長くて黒い髪《かみ》も、つやがなくなった。ナタンも変わった。まっ黒な巻き毛と、強そうな割れあごはそのままだけど、ほっぺたはげっそりこけて、目の下にはくまがある。自分がどんなふうに見えるかはわかんないけど、母さんが、ときどき、わたしのほっぺたをなでて、ため息をつく。その指は、ごつごつでがさがさだ。

サウルだけがいまだに健康で、ぶさいくなつま先から、大きくて赤い耳の先まで、元気いっぱいだ。

この、うるさくて、混んでて、くさい汽車の話を書かないと。モツィフから北に向かってるの。ベルディチェフから乗った急行の方が、乗りごこちがよかった。この汽車は、座席はぎゅうづめで、すきま風だらけで、よごれた敷《し》きわらのにおいで息がつまる。蒸気の噴《ふ》き出《だ》す音がシュッシュッシュッシュッシュッ、線路の鳴る音がガタンゴトンガタンゴトン、はてしないポーランド語がガヤガヤガヤガヤガヤ、音が止《や》むってことがない。なによりひどいことに、トイレがない。乗る前にお茶を二はい飲んじゃった。もう、じっとしていられない。

「ちょっと歩いてくるね」

母さんはうなずいた。お昼の、冷たいイモとパンを、のろのろと食べていた。わたしなんてとっくの昔に飲みこんじゃったというのに。

車両のいちばん後ろの座席で、お百姓《ひゃくしょう》の女の子が、赤ちゃんにおっぱいをやっていた。最初はもっと年上かと思ったけど、その子が顔をあげるのを見たら、あなたくらいだった。だから、きっと十六歳《さい》くらい。

ぱさついた金髪《きんぱつ》がカーチフの下から垂れて、赤ちゃんの毛の生えてない頭の上にかかっていた。赤ちゃんはおっぱいを吸いながら、女の子のほっぺたをいじっていた。

女の子はわたしの視線に気づいて、「赤ちゃんは好き?」と、ポーランド語で、まわりの人たちの頭を飛びこすような声で聞いてきた。わたしは自分のカーチフの結び目をいじりながら、うなずいた。

「きれいな髪《かみ》だね」とその子は言った。「あたしのはね……」と言いながら、あいている方の手で、その子は細い髪の束を肩《かた》の後ろへかきあげた。「よくおねえさんに編んでもらってたの。でも、遠くにおよめに行っちゃった。今から、おねえさんに会いに行くのよ」

わたしが、なんで、こんなことを言い出したのかわからない。赤ちゃんがかわいかったからかもしれないし、その女の子が感じよかったからかもしれない。わたしはポーランド語で言った。「髪、やってあげようか。おねえさんに会うのにきれいにしてあげる。前によくいとこの髪を編んであげてたの」

女の子は喜んでやらせてくれた。わたしは座席と壁《かべ》の狭《せま》いところに入っていって、その子のカーチフを取った。

頭はくさかった。編んだ髪が、あぶらっぽくかたまっていた。もっとひどかったのは、大きくて丸いただれが、頭の皮じゅうにできてたことだ。

わたしの指がためらった。さわらないでいいなら、さわりたくなかった。でもその子を傷つけたくなかった。わたしは髪の先を手にとって、こんがらがってるところからほどき始めた。指でほどいていくと、女の子は首を後ろにのばして、ふーっとため息をついた。

赤ちゃんが乳房《ちぶさ》から口をはなして、わたしを見上げて、お乳まみれの口をあけてわらってくれた。

「赤ちゃん、かわいいね」とわたしは言った。

女の子はふり返って、わたしを見た。

「あんた、ポーランド人じゃないよね」

汽車の中の人が、みんな、今のことばを聞いたかと思った。ベルディチェフに送り返されてしまうんじゃないかと思った。国境でポーランド兵におどかされたみたいに。モツィフの病院の看護婦たちに追いはらわれたみたいに。でも大丈夫《だいじょうぶ》だった。だれも、何にも、気にしてなかったし、女の子も、何もなかったみたいに、向こうを向いた。

「ウクライナから来たの」とわたしはささやいた。「家族でアメリカに行くのよ」

「アメリカ!」と女の子は言った。「アメリカ……」

となりにすわっていた男の人が少し動いた。それで、座席の一番はじのおばあさんが、落ちないように床《ゆか》を足でふみしめた。

「アメリカね……」と女の子はもう一度つぶやいた。「行って何するの?」

わたしはちょっとだまって、そして答えた。

「いろんなことをする」

女の子はからだをそらせて笑い出した。歯が何本も欠けてるのが、上から見えた。

「なんでアメリカに行きたいの。ここだって、したいことなら何だってできるじゃない。あたしは、ぜったいポーランドをはなれない」

「ぜったい?」と、わたしは聞いた。

「家からちょっとでもはなれて、何か別のことを見つけるなんて、考えたこともない。あそこを見てごらんよ、あれが、あたしのふるさと」

汽車の窓の外を見ると、男の子が一人、こおりついた野原を走って行くのが見えた。黒い犬がそのまわりをはねまわっていた。一瞬《いっしゅん》、この女の子の見ているポーランドが見えた気がした。でもすぐに、それは荒涼《こうりょう》として暗い風景になり、そして寒さが背すじにつうっと伝わってきた。

「できた」。

わたしは最後のもつれをほどいて女の子からはなれた。「そろそろもどらないと」

女の子がくちびるに指をやった。割れて血のにじんだ爪《つめ》だった。赤ちゃんは小さな鼻をおっぱいに押《お》しつけて眠《ねむ》っていた。

「アメリカでうまくいくといいね」と女の子がささやいた。

わたしはゆれる列車の通路を、よろめいて、人の肩《かた》にぶつかったり、人のうしろをすりぬけたりしながら、自分の席にもどってきた。チーズのにおいが充満《じゅうまん》していた。息を吸いこむと、口の中がつばであふれた。

母さんとナタンの間に、もとどおり入りこんで、まわりの人々を見回して、彼《かれ》らの会話に耳をすませた。

手が、リュックの中の、プーシキン詩集にふれた。取り出して、考えてることを書きとめたくなった。トヴァ、この本のページはどんどん埋《う》まっていくよ。こんなに小さい字で細かく書いてるのに。

「母さん」とわたしは話しかけた。汽車がゆれて、母さんのひじが、わたしのあばら骨に当たった。「次の駅で、ちょっと降りてもいい？　どうせ長いこと停車しているんだから、少しだけ降りてもいい？」

「だめ」

「でも母さん、トイレに……」

「だめ。朝、お茶を飲むなって言ったじゃないの」

「すごくたいくつなの」とわたしは言った。

トヴァ、わたしは、母さんに本当のことが言えなかった。ほしかったのは、静かな場所だった。そこでプーシキンが読みたかっただけなんだ。母さんは、あなたがわたしにプーシキンを教えてくれるのが気に入らなかったんだよ。もし母さんのいいなりになってたら、わたしが教わるのは、料理と、お裁縫《さいほう》と、安息日《あんそくび》をきちんとすること。それだけだ。「そんなにたいくつなら、楽隊でもやとってあげないとねえ」と母さんは言った。「だめよ、リフカ。汽車から降りるのはだめ。発車のときに乗りおくれたらどうするの？　はなればなれになりたいの？　残りの一生、ずっとポーランドにいるつもりなの？　だめよ、リフカ。ここでじっとしているの。あたしの目の届く場所にいるの。ここならあんたも安全だから」

だから、今の今まで、わたしは自分の思いを書けなかった。ただ、頭の中にためておいた。今、母さんとサウルは、座席のはじっこで寝息《ねいき》をたてている。父さんとナタン兄ちゃんは、足をのばしにどこかに行った。

書きながら、ときどき思うよ、トヴァ、おとなになりたくないって。ベルディチェフに走って帰って、ルツばあちゃんのうでの中に飛びこんで、ばあちゃんのぬくもりの中で、自分なんか、なくしちゃいたい。ばあちゃんはあたしを守ってくれた、外側からも、内側からも。

でもまた別のときには、自分が自分でよかったと、心から思う。わたし。リフカ・ネブロト。エセルとベリル・ネブロトの、一人娘《ひとりむすめ》で、末っ子。イサークとアシェルとルベンとナタンとサウルの小さい妹。旅しつづける、わたし。……アメリカへ。

自分のことをそんなふうに考えると、家がなくても、生活が危険にさらされっぱなしでも、やっぱり、何もかもうまくいくんだって思えるんだ。

シャローム、わたしのいとこへ。

リフカより

1919年11月30日
ワルシャワ
ポーランド

……わたしのまえには何のあてどもない
うつろなこころに　けだるい思い
いのちのものういざわめきのなかに
わたしはひとり　うれいに疲《つか》れる。
プーシキン

トヴァ

どうしたらいいだろう。ほんとにひどいことになっちゃった。どうしたらいいのかわからない。

わたしたちは、ワルシャワで、銀行に行って、その足で、蒸気船会社に行った。兄さんたちがアメリカから送ってくれたお金をたくさん持って、すごくお金持ちになった気分だった。どれだけ待っていたか、この出発。海を渡《わた》って行くこの旅。

でも、きっぷを買う前に、トヴァ、医者の診察《しんさつ》を受けないといけなかった。

この世のなかで、医者ほど、むごい人はいない。蒸気船会社のお医者さんが、わたしと母さんを診察室《しんさつしつ》へ連れて行って、障害がないか、病気を持ってないか、調べた。

体を診察されて、目を診察されて、それから「カーチフをはずして。頭皮を調べるから」って言われて、喜んでカーチフをはずした。ここ丸一日、頭がものすごくかゆかった。がりがりかきむしった。

お医者さんは診察の後、手を洗った。そして、母さんに言った。

「ネブロトさん。あなたは検査に通りましたよ。きっぷを受け取ってください」

「おいで、リフカ」

母さんが荷物をまとめながら言った。

「いや、だめです。お気の毒だが、娘《むすめ》さんは行かれません。娘さんにはきっぷを売れないんですよ」

「なにをおっしゃいますか。娘もいっしょに行くんですよ」

「行かれません。娘さんは皮膚病《ひふびょう》にかかっている。白癬《はくせん》です。頭に湿疹《しっしん》があるでしょう」

そういえば、あのポーランド人の女の子。汽車で会った、赤ちゃんを抱《だ》いたあの子。あの頭にも湿疹があった。

母さんの黒い目は、大きく見開いた。

「リフカ、リフカ……」

母さんはうめいた。その手が震《ふる》えていた。

「どうしたら治るんです、その、白癬《はくせん》は」

「治療《ちりょう》はできます。でも、治るのに何カ月もかかります」

わたしはしびれて感覚がなくなっちゃったみたいで、ただ心臓だけが、胸でドクンドクンと打っていた。

お医者さんは、紙に何かを書いて、母さんに渡《わた》して、蒸気船会社の窓口で渡すように言った。そしてわたしたちを部屋の外に出した。

父さんは、蒸気船の役人を買収《ばいしゅう》しようとした。ベルディチェフで、アヴラムおじさんから教わったやり方だ。右のポケットにお金を入れれば、たいていなんでも手に入るんだ。

「さあ、これで」

父さんは、なけなしのお金を蒸気船会社の人の手ににぎらせた。

「どうかお願いです。これで、娘にもきっぷを売ってください」

その人は、父さんのお金を見た。それから、自分を取り囲んだわたしたち五人を見た。

「ここで待っていてください」

そして別の部屋に入っていった。お医者さんの部屋だ。でもすぐに出てきて、「申し訳ないです」と言った。そして、自分の窓際の席へもどって行った。

「足りないなら、もっと差し上げますよ」

父さんはそう言って、ポケットに手を入れた。

「いえ、けっこうです。無理なんですよ。その子は行かれません」

「どうしてだめなの?」と、わたしは強い調子で聞いた。

その人は、わたしのことは無視して、母さんと父さんに向かって話した。

「この子がアメリカにこの状態で着いたら、アメリカはポーランドに送り返してくる。そのきっぷ代は、うちの会社が負担《ふたん》しなきゃいけない。そんなことになったら、先生も私もくびですよ。申し訳ない。私にはどうしようもないことなんです」

トヴァ! アメリカに行けないんだよ!

母さんと父さんとナタンとサウルは行けるのに、わたしは行けない。母さんも父さんもいないのに、ワルシャワに残らなくちゃいけない。母さんも父さんもいなくて、だれも守ってくれなくて、どうやって生きていけばいいの。

昨日、母さんがてのひらにいっぱいのお金をくれた。そして、外で、待ってるように言われた。

「いい子にしてるんだよ」と母さんは言った。

「こっちの蒸気船会社にあたってみるから。ここは、白癬《はくせん》のことも気にしないかもしれない」

外には、ニンジンみたいな鼻の、やせたおじいさんがすわりこんでいた。足元には、丸い果物のいっぱい入ったかごがあった。それがなんなのかすごく気になって、ずっと、ずっと、見ていたんだけど、とうとう、そっちに行ったんだ。

「これはなんですか?」

わたしは、ポーランド語で聞いた。遠くからだけど、モツィフの宿屋の前の市場で、似たような果物を見たことがある。それは小さくて、あかね色というよりは黄色で、緑のまだらがあった。でも、ここにあるこれは、何ひとつ申し分のない、かんぺきな、秋色のボールみたいだった。

「オレンジだよ」とおじいさんは言った。おじいさんには歯が一本もなかった。

「ひとつ、いくら？」

わたしは聞きながら、おじいさんのかごから立ちのぼる、くっきりしたにおいを胸いっぱい吸いこんだ。お腹がグルグル鳴って、口にはつばがあふれた。

「いくら持ってるんだい？」とおじいさんは聞いた。そのくちびるの間で、つばが膜《まく》になって、のびたりちぢんだりした。そして、わたしのことを、無遠慮《ぶえんりょ》にじろじろと見た。

トヴァ、わたしはバカだった。手をひろげて、お金をぜんぶ見せちゃったんだ。おじいさんは、それを全部取って、オレンジを一つ渡《わた》してくれた。

しばらくして、母さんが出てきて、オレンジの苦い皮をかじっているわたしを見つけた。

「それどうしたの？　私があげたお金はどうしたの、リフカ？」

わたしは、母さんをおじいさんの所に連れていった。でも、おじいさんは大声で言った。

「ここにいやがったな、どろぼうめ。オレンジを盗《ぬす》んだろう。だれか。助けてくれ。警察だ。なんてやつだ、こんな老いぼれからものを盗むなんて！」

「盗んでない！」

わたしも大声で言った。

「お金はらった。おじいさんが、あたしのお金を全部取った！」

「このうそつきめ！」

おじいさんは大声でキンキンさけんだ。

「うそつきの、どろぼうめ！」

つばが空気の中を舞《ま》って、一滴《いってき》が、わたしの手《て》の甲《こう》にひっついた。外套《がいとう》にごしごしこすりつけて、落とそうとしたけど、ぜんぜん落ちないんだ。とうとう、父さんが、おじいさんにお金をにぎらせて、だまらせた。

わたしがお金をなくしてしまった。うちの、食べ物を買うお金だったんだ、トヴァ。母さんにどなりつけられた。サウルにもすごい目つきでにらまれた。わたしは、くちびるをかんで、泣かないようにがまんした。オレンジの味が、まだ口の中でおどってた。もう、絶対、絶対、生きてるかぎり、絶対に、オレンジは食べない。

「どうしたらいいの。食べていけないのよ」と母さんは言った。

「大丈夫《だいじょうぶ》だから。なんとかなるさ」と父さんが言った。

「リフカ、おまえのせいじゃない」と、ナタンがささやいて、ほほえんでみせようとしたけれど、兄ちゃんのえくぼは、ほとんど出てこなかった。

トヴァ、もう食べ物を買うお金がない。こんなことで、頭を使ってちゃんと考えられる人間になるのか……一生無理だ。

ワルシャワについての話は、それでおしまい。母さんと父さんが、こんな街に、わたしを置いていけるわけがない。

ワルシャワは、今まで見た、どの街よりも大きい。建物はどれも高くて、見上げていると頭がくらくらしてくる。馬なしでも動く車が走っている。それは「自動車」という名前で、狂犬病《きょうけんびょう》にかかったオオカミみたいに、道を行ったり来たりしてるんだよ。

ワルシャワは、とんでもない所だよ、トヴァ。こんなところに、絶対にひとりで残るわけにいかない。

祈《いの》っていて。わたしのために。

リフカより

1919年12月1日
ワルシャワ
ポーランド

……はだかの枝に散りとどまって
つめたい風の吹《ふ》きそめどきに
おそ秋のさむさのなかで
身をおののかす木の葉のように
プーシキン

トヴァへ

父さんと母さんはヘブライ移民援助《えんじょ》協会（略してＨＩＡＳ）に相談にいって、話し合いをした。わたしたちのように、問題をかかえたユダヤ人を助けてくれる人たちなの。ＨＩＡＳは、世界各地に支援者《しえんしゃ》がいるんだって。ベルディチェフやモツィフで、ＨＩＡＳの人に出くわさなかったのがふしぎだ。ＨＩＡＳ、あなたは聞いたことがあった?

ＨＩＡＳの人は、食べ物を買うお金をくれた。そして、いっしょにすわって、これまでの話を聞いてくれた。わたしよりもたいして大きくない女の人で、おだんご頭をしていて、そこから銀色の髪《かみ》のふさが、何度もこぼれ落ちた。

その人は言った。

「ネブロトさん、おくさん、あなたがたと息子《むすこ》さん二人は、予定通りアメリカへ出発するべきです。でも、リフカは、白癬《はくせん》がなおるまで残らないといけません」

「たった十二歳《さい》の子を置いてですか」と父さんは言った。

「そんなことできるわけがない」

「できないことじゃないんですよ。同じようなケースをいくつも扱《あつか》ってきましたから」

トヴァ、ひどいことになりそうなの。髪《かみ》の毛《け》がぬけてるの。わたしの長い金髪《きんぱつ》の毛が。はげができてるの。片っぽの耳の上に一カ所、頭の後ろにもう一カ所。カーチフでかくすことはできるけど、かゆくてかゆくてたまらない。どんなにみにくいか、自分でもわかる。母さんが、わたしを見るたびに、視線をそらす。

「母さんがいっしょに残るのはだめ?」とわたしは聞いてみた。

HIASの人は言った。

「お母さんがアメリカへ行けば、働いて、お金をかせげるのよ。お父さんやお兄さんたちのために、おうちの仕事をすることもできるわね。でも、もしお母さんがヨーロッパに残ったら、よけいお金がかかって、家族の負担《ふたん》になるの。リフカ、あなたは一人で残らなければならないのよ」

「ワルシャワに残るのはいやよ。ワルシャワに残るくらいなら、なんとかしてベルディチェフのうちに帰る」

すると、HIASの人は言った。

「わたしもワルシャワじゃない方がいいと思う。でも、ベルディチェフもだめよ。ベルギーで治療《ちりょう》してもらえばいいの」

母さんは言った。

「ベルギー？　ベルギーって何です？　そんな場所聞いたこともない」

「今、リフカにとって、たぶんいちばんいい場所です」とHIASの人は答えた。

「ベルギーの人たちは移民に手をさしのべてくれてるんですよ。住むところも提供してくれてます」

トヴァ、わたしの正体がわかった。二つの世界の間をさまようものは、そう呼ばれるんだ、移民って。

HIASの人は言った。

「アントワープに住んでる家族を探して、リフカを同居させてもらえるように手配しましょう。毎日、病院に通って、白癬《はくせん》の治療《ちりょう》を受けられるんですよ。そしてリフカ、なおったら、アントワープから直接アメリカに渡《わた》って、お母さんやお父さんやお兄さんたちと会えるのよ」

「知らない家族と暮らすのはいやよ」とわたしは言った。モッィフの宿屋の子を思い出していた。わたしのニシンを食べちゃった、あの子。もしベルギーでわたしを受け入れる家族が、あの子の家族みたいだったら……。

家族といっしょじゃなきゃ、どこにも行きたくない。サウルだって、いないよりはましだ。サウルだけでもわたしといっしょに残れたらいいのに。

でも、サウルは残りたくないんだって。サウルの頭にあるのは、アメリカに渡ることだけだ。

「アントワープにもHIASの職員がいるのよ。あなたの世話をして、ちゃんと治療できるようにしてくれますよ」とＨＩＡＳの人は言った。

「おねがい、アメリカへ行けないなら、ベルディチェフに帰りたいの」とわたしは言った。

でも、父さんが言った。

「リフカ、うちは、ベルディチェフのロシア人に憎《にく》まれている。健康な若い男を五人も、軍隊に取られる前に逃《に》がしたんだからね。軍隊は、五人ともほしがっていた。イサークも、アシェルも、ルベンも、ナタンも、サウルも。でも、父さんは、自分の息子《むすこ》をあんなところにやるのが、どうしてもいやだったんだ」

ナタンは、ひざの上で手をかたくにぎりしめてすわっていた。サウルは、背中をわたしに向けたまま、小さな窓の外をみつめていた。

「リフカ」と父さんは言った。

「ベルディチェフにはもどれない。もう帰る家がない。おまえだって、今帰ったらきっと殺される。お前が帰ったら、残った親戚《しんせき》がみんな、トヴァも、おばあさんも、おばさんたちも、みんなが、危険になる」

あなたを、危険にさらすのはいやだ。ベルギーに行くしかない。しかたがない。でもとってもこわい。いったいわたしはどうなっちゃうのか。
トヴァ。わたしはみなしごになっちゃったみたいに感じるの。
シャローム

リフカより

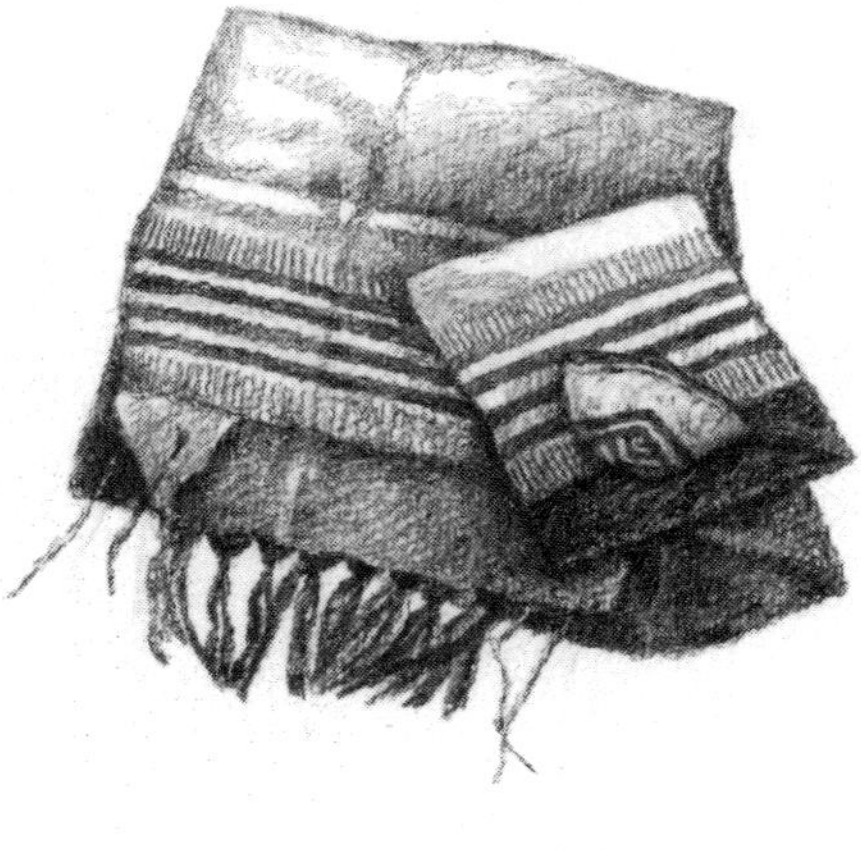

1920年2月25日
アントワープ
ベルギー

……わたしは眠《ねむ》れない　灯《ひ》も消えて
あたりはくらくまどろむ
時計の音がわたしのそばで
ものうげにときを刻む……

プーシキン

トヴァへ

母さんと父さんにお別れを言ったときは、胸が痛かった。むかし、サウルに、頭を長いこと水の中につけられた。あのときくらい、痛かった。

前の晩、母さんは金のロケットを外した。父さんからの結婚《けっこん》のおくりものだ。それをかけてない母さんなんて、見たことがなかった。母さんは、わたしの首のまわりにそれをかけた。手の中に入れると、金属のでこぼこに、母さんのぬくもりを感じた。

父さんはタリスをくれた。礼拝に使う、大切な肩《かた》かけだ。父さんは一言お祈《いの》りをつぶやいて、ふさかざりに口づけしてから、わたしに渡《わた》してくれた。

「なんでリフカが、父さんのタリスをもらうんだよ。女の子じゃないか」とサウルがぶつぶつ言った。

「だまってろ、サウル。よけいなことを言うんじゃない」とナタンが言った。

ワルシャワの「ヘブライ移民援助《えんじょ》協会（ＨＩＡＳ）」のおばさんが、汽車に乗せてくれた。それは、母さんと父さんとナタンとサウルが、アメリカに向けて出発したのと同じ日だった。わたしはうでが痛くなるまで手を振《ふ》ったけれど、すぐに、おおぜいの人にまぎれて、みんな見えなくなった。

汽車は、ドイツを通ってベルギーへ入った。そして、今わたしはアントワープにいる。ここの生活に慣れるのには、少し時間がかかった。トヴァ、ここのＨＩＡＳが、最初にみつけてくれた部屋は、暗くて、風通しが悪くて、まるであなたの家の洋服だんすみたいだったよ。でも今は、とてもすてきな部屋に住んでるの。

大家さん夫婦は、母さんと父さんよりも年取ってる。ガストンとマリーって呼んでね、とわたしに言ってくれた。トヴァ、信じられる？

すてきなもののたくさんある家だ。ベッドには青い格子《こうし》もようのキルトがかかっている。

窓の下には、赤くて小さい机がある。わたしの背の低さにぴったりで、何時間でも向かっていられる。そして窓の外の公園をながめたり、わたしたちのプーシキンを読んだりする。自分用の水差しと洗面器もある。それには青い小花模様がついている。たんすもある。そこには服をいれる。

ベッドの上の壁《かべ》には絵がかかっている。野の花の咲《さ》きみだれた、田舎《いなか》の風景がかいてある。見るたびに、アメリカってこんな感じなのかなと思う。

手編みのラグもある。それがあるから、足が温かい。おくさんのマリーが編んだものなの。ここにあるものは、たいていマリーの手作り。

ここは、今までで、一番すてきな場所だ。わたしの今の部屋は、あなたの家の部屋くらいすてき。でも、これは「わたしのうち」じゃない。母さんと父さんがいないから「うち」とは呼べない。母さんと父さんがいなくて、本当にさびしい。

父さんから手紙が来た。みんな、ニューヨークの市内に落ち着いたんだって。ほかにも、船旅のことや、今住んでいるアパートのことなんかが書いてあった。ドアを開けると、すぐそこに流し場があって、そして、ほんとの室内トイレが、廊下《ろうか》のつきあたりにあるんだって。母さんと父さんが、そんなぜいたくなとこで暮らしてるなんて、想像できないよ。先週は、わたしの十三歳《さい》の誕生日だった。マリーとガストンには言わなかった。アメリカで、このお誕生日を祝ってもらえると思っていたのにな。

九歳《さい》の誕生日を思い出す。あなたとハンナにお人形をもらったね。せとものの顔のついてる、ものすごくきれいなお人形。毎朝、わたしはその子に朝ごはんを食べさせて、その子の顔をニシンのあぶらだらけにした。でも、母さんとサウルが、それを取っちゃったの。ラケルおばさんが作ってくれたきれいな服もいっしょに。お人形を取られたときのことは、今でも覚えてる。あなたには言えなかった。父さんが、人には絶対に言っちゃだめだよって言ったから。母さんとサウルは、お人形と服を市場に持っていって、ジャガイモと交換《こうかん》した。こんなもの食べるかと思ったけど、お腹《なか》が空《す》いてたから、食べちゃった。

アメリカに行ったら、わたしがもらったプレゼントはわたしのものだよ。だれにも取られたりしない。

そういうわけで、わたしは十三歳《さい》。兄ちゃんたちの十三歳の誕生日には、ユダヤの男の子の成人式、バル・ミツヴァをやった。バル・ミツヴァ、するのは男の子だけでしょ。わたしは女の子だから、関係ない。でも神さまは、わたしが女の子だろうとなんだろうと、戒律《かいりつ》を守りますという儀式《ぎしき》をしてほしがってると思う。

誕生日の朝早く、階段をそうっと降りていって、台所用のほうきから、わらの折れたのを何本かぬいてきた。

部屋にもどって、それをダビデの星に編み上げた。はかなげな、金色のダビデの星。わらがほつれてこないように編みこむのは、むずかしくて時間がかかった。できた星を、赤い机の上の、母さんのロケットのとなりに置いた。星とロケットの上に、朝の日の光が射した。それから、窓辺に立って、父さんのタリスに身を包んで、ヘブライ語のお祈《いの》りのことばを、思い出せるだけ思い出してとなえた。バカみたいかもしれないけど、トヴァ、わたしは自分で、自分の「戒律《かいりつ》の儀式《ぎしき》」をしたつもりなの。おとなの女になったことを祝うために。男の子がおとなの男になるのを祝うのと同じように。

ダビデの星は、プーシキンのページの間にそっとはさんだ。この日を覚えておこうと思った。そのために、いつまでも取っておこうと思った。

その晩、寝《ね》る前に、書きためたこの手紙を読み返してみた。本の中の白いページはもうずいぶん前に書きつくしちゃったから、今は、詩のまわりに書いてるの。いつか、手紙を送るね。トヴァ、約束する。アメリカに行ったら、父さんに郵便の出し方を教えてもらって、この本をあなたに返す。アメリカに行ったら、きっと、わたしも自分のプーシキンを手に入れられる。そして、ほかにも、読みたい本はなんでも手に入る。

わたしの髪《かみ》はもう残ってない。一本もないよ。ハゲちゃって、ベルディチェフのラビみたい。ハゲをカーチフで隠《かく》してるけど、それでもやっぱり、みっともない。

この部屋からは、ぜんぜん出てないの。冬だからね。村では、池でスケートをやったね。わたしがいつもいちばんうまかったよね。アントワープでは、わたしは外に出ないの。出るのは治療《ちりょう》のときだけ。

治療はいやじゃない。もっとずっといやなものだと思ってた。毎日、修道院へ歩いて行く。わたしの担当は、シスター・カトリナという修道女。シスターは、わたしの頭の皮を、すごく目にしみる緑色の石けんで洗う。それから紫色《むらさきいろ》の明かりをかざして、わたしの頭を温める。

「治療はいやじゃないでしょう、リフカ?」とシスター・カトリナは聞く。

わたしはにっこり笑って頭をふる。ほんとに、ぜんぜんいやじゃない。ベルギーでは、わたしのこと、だれも抱《だ》きしめてくれないし、大切に思ってもくれない。だから、シスター・カトリナがわたしにさわってくれると、いい気持ちになる。白癬《はくせん》の治療のためにやってるんだけど、それでも、いいの。

頭の皮がかわいたら、シスター・カトリナは頭に粉をふりかけてくれる。シスターは、新しいカーチフを二枚くれた。とってもきれいなもようの。それをお湯で煮《に》て、かわかしておいてくれるから、毎回、清潔なので頭をおおう。

「この病気を治すのには清潔がいちばんなのよ」とシスターは言う。

シスターは爪《つめ》もきれいにしてくれた。

「ひっかくと、かえって悪くなるからね」

「でもわたしの爪はきれいですよ」とわたしは言う。

「白癬の原因はばい菌《きん》で、ばい菌は目には見えないのよ。ほら、爪をよくこすって」とシスターは言う。

わたしは言われた通りにする。

わたしは頭をそんなにひっかいたりしない。でも、たまにかきむしりたくなる。シスター・カトリナはわたしにフラマン語を教えてくれてるの。頭をかきたくなったら、頭の中でとなえるといいといって、お祈《いの》りも教えてくれた。お祈りをとなえれば、かゆみが忘れられるんだって。でもどうなのかな、ユダヤ人がカトリックのお祈りをとなえるっていうのは。だから、わたしは、かわりにヘブライ語のお祈りをする。

シスターはとっても親切。えくぼがあって、ナタンのえくぼより、もっと深い。笑っていなくても、そこにある。父さんは、手紙といっしょにお金を送ってくれる。シスター・カトリナに治療《ちりょう》のお金をはらうんだよって言って。

そのお金を数えてみる。母さんと父さんは、アメリカで、ずいぶんお金持ちになってるみたい。縫製《ほうせい》工場で働いてるんだって。もう少しで、アヴラムおじさんくらいのお金持ちになれるかもしれないよ。

でも不安になることもある。もしかしたら、わたしにお金を送るために、食うや食わずなんじゃないかって。

シスター・カトリナは受け取らない。「取っておきなさい」とシスターは言う。「何かに使えるからね」

治療の間、シスターと話をする。最初はポーランド語でしか話せなかったのに、今は、わたしが、どんどんフラマン語ができるようになっている。

治療が終わると、シスターはお茶をいれてくれる。シスター・カトリナはほめてくれる、かしこい子だって。フラマン語の覚えがすごくいいって。トヴァ、うれしくない？　かしこいとほめてくれる人がいるってこと。

「かしこいってわけじゃないです」とわたしは言う。「たいしたことじゃないんです。むかしからとくいなんです」

「外に出るようになったら、もっと早く覚えられるのよ」とシスター・カトリナが言う。「アントワープはすてきな町よ。外に出てごらん、楽しいことがいっぱいありますよ」

「自分の部屋が好きなんです」とわたしは言う。「わたしの部屋だってとってもすてき。あそこにいるだけで満足なんです」

知らない人だらけのこの町がどんなにこわいか、シスターにうまく伝えられない。

「もっと運動しなくちゃ」とシスター・カトリナが言う。「修道院まで歩いてきて、また歩いて帰るだけ。もっと探検しなくちゃ。もっと遠くへ。あぶないことなんかないの。今あなたに必要なのはね、リフカ、ベルギーの新鮮《しんせん》な空気なのよ」

わたしに必要なのは、運動でも新鮮な空気でもない。母さんと父さんよ。母さんなしで、家族なしで、毎日がちっとも楽しくない。運動なんてしなくていい。早くよくなって、アメリカに行ければ、それでいい。

修道院からの行き帰りに、きれいな光景をいくつも見る。どの家にも庭があって、冬の今でも、よく手入れされている。果物や野菜や、おけにいっぱいの色とりどりの花を売っている市場も通る。そこからは、おいしそうなにおいが、いつもただよう。

今、わたしは自分の部屋の机にすわって、公園の方を見ているの。毎日のように遊びにくる子どもたちがいる。少しずつ、顔が見分けられるようになってきた。女の子の一人は、ハンナにとてもよく似た体つきをしている。ほっそりしていて、濃《こ》い色の瞳《ひとみ》と髪《かみ》をして。何度か、その子に近づきたくて、外に出て行きそうになったことさえある。

あの子と遊びたい。あの子たちみんなと遊びたい。でも、もし、ここもロシアと同じで、ユダヤ人だからって、みんなにきらわれたらどうしよう。もし、ここもポーランドと同じで、ポーランド人じゃないからって、きらわれたらどうしよう。髪がないっていわれて、きらわれたりしたら、どうしたらいいのかな。

トヴァ、そこにもどりたいよ。トヴァもハンナもいるそこに。ハンナがわたしにきれいな服を着せてくれて、指でわたしの髪をくるくる巻いてくれたねえ。わたしが眠《ねむ》くなると、だんろの上のぽかぽかしたところに寝《ね》かせてくれて、ふわふわの毛皮をかけてくれて、歌を歌ってくれたねえ。

あなたは、いつも話を聞かせてくれた。

「ねえ、聞いて、リフカ」そう言って、あなたはいろんな本を読んでくれた。アヴラムおじさんの本だなからえらぶこともあるし、プーシキンの本を開くこともあった。あなたの声は、ときどき、とても深く、かわいて聞こえた。どうしてかわからなかったけど、わたしたちは涙《なみだ》ぐんだ。トヴァ、わたしはあなたの口からあふれ出てくることばが大好きだった。あなただった、いとこのあなたが、わたしに、学びたいという気持ちを持たせてくれたんだ。

ハンナは、妖精《ようせい》のおひめさまみたい。優しくて、きれいで、愛らしい。そしてトヴァは、年取った先生みたい。何でも知ってて、おもしろくて、強くて、かしこいの。

ハンナは、まだピアノのおけいこ、続けてるの？　マリーも、ピアノをひく。たった今もひいてるよ。

ハンナにはとても言えないけど、あのピアノのおけいこ、聞いてるのがつらかった。先生がどなって、そのたびにハンナのほっぺたを涙《なみだ》がつたって……。楽譜《がくふ》どおりに、ハンナがひけたためしがなかったもの。

ほんとにうまいのは、トヴァ、あなただった。でも、おけいこはさせてもらえない。ハンナのおけいこを見てるだけで、そのあと、同じ曲をひけちゃうトヴァはすごかった。アヴラムおじさんが、どうして、あなたにもおけいこさせないのかわからなかった。

母さんに聞いたことがある。そしたら、母さんは言った。「アヴラムおじさんがトヴァにピアノを習わせないのは、あの子の背中のせいよ」

「でも、背中が曲がってたって、ピアノはひけるよ。赤ちゃんのとき、テーブルから落っこちて、背中のほかにも、ケガをしたの？　ピアノがひけなくなるようなケガだよ。してないでしょ。だったらどうして、トヴァはピアノのおけいこができないの？」

「リフカ、あんたにはわからないことよ」と母さんは言った。

「わかる、だから教えてよ」とわたしはゆずらなかった。

「アヴラムおじさんがハンナにピアノを習わせるのは、いいだんなさんを見つけるためなのよ」

「じゃあ、トヴァは？　おじさんはトヴァにもいいだんなさんを見つけたくないの？」

「結婚《けっこん》できない女の子だっているのよ、リフカ」と母さんは言った。

「だって、トヴァは、あんなに頭がよくて、おもしろいのに」とわたしは言い張った。

「それにすごくかしこいのに……」

ほかの人たちも、みんな、わたしと同じように、あなたを見ているとばかり思ってた。今、頭の毛をなくしてみて、考える。母さんは、わたしのことも、そんな女の子の一人になっちゃったんだと思うのかなって。結婚できない女の子の一人だと思うのかなって。

シスター・カトリナは、髪《かみ》の毛《け》はまた生えてくると言う。でももし生えてこなかったら？　トヴァ、わたしにはわかるんだ。それでもあなたは、わたしのことを好きでいてくれるって。わたしがあなたを大好きなように。大好きなルッばあちゃんも、きっとそう。

ハゲでもなんでも、変わらずわたしをかわいがってくれる。でも、二人とも、遠いところにいる。

母さんは、わたしの髪《かみ》がぬけていくのを見ていた。すごくすごく悲しそうだった。ぬけ終わる前に、はなればなれになってしまった。もし今わたしの姿を見たら、なんて思うかな。わたしは、髪の毛がまた生えてくるよう、お祈《いの》りを始めた。シスター・カトリナから教わったお祈りもとなえるよ。カトリックのお祈りでも、かまわない。お祈りすることで、ただ、これ以上ひどくならないように願うだけ。

シャローム、大好きないとこに。

リフカより

1920年3月17日
アントワープ
ベルギー

わたしはひとり自由の種子《たね》をまくために
あけぼのの星よりはやく家を出た……
プーシキン

トヴァへ

今日、わたしは、アントワープと友だちになった。まだ冬なんだけど、今日は、風がやわらかくておだやかだった。修道院から歩いて帰る道々、あちこちの家の窓が開いていた。家の中の音が、通りにまでもれていた。

帰りは、いつもとは別の道を通ってみた。まず新しい道に入ってみて、それから、次から次へと。婦人用のぼうし屋や、パン屋や、大きなデパートをいくつも通りすぎた。床屋《とこや》や、市場や、仕立て屋の前を通った。

カフェの前に出た。重そうな、木のドアが、ばたんと開いた。大きな緑の鉢植《はちう》えが入り口の両側に置いてあって、今までに聞いたことのない、がちゃがちゃした音楽が、暗い中から流れてきた。なによりびっくりしたのが、ものすごく大きな男の人がそこに立って、カフェの入り口をふさいでたこと。あんな大きな人、見たことがない。父さんや兄ちゃんたちも大きいと思ってたのに、この人とは比べものにならなかった。

わたしはその人のことをじっと見つめていたんだと思う。

大きな人はわたしを見下ろした。そしてにやりと笑った。そのにやりは、あまりにも大きくて、ほらあなへの入り口のようだった。その大きな大きな口の中には、金の歯が並んでいたんだよ!

トヴァなら、こわがりはしなかったと思うけど、わたしは、その金歯と大きい黒い口を見て、こわくなって、くるりと向きを変えて走って逃《に》げ出《だ》した。走って走って、もう走ることができなくなるまで走って、レンガ造りの低い壁《かべ》に寄りかかって、はあはあ言いながら、あたりを見回してみた。

まわりの何にも、見覚えがなかった。

帰る道を探したけど、わからなかった。

日がしずみはじめた。日中のぬくもりが消えていった。大きな道の上を、それから路地を、そして運河を、風がすりぬけていった。わたしは薄着《うすぎ》のままだった。がたがたふるえてきた。がまんしてるうちに、どんどん寒くなってきた。わたしは迷子だった。キング・ストリートの家にどうやってもどったらいいのか、わからなくなっていた。

牛乳屋さんが、荷馬車に乗って、夕暮れの路地をやってきた。荷車の中では、空《あ》き瓶《びん》がカチャカチャ鳴った。わたしは、その人について行った。なんだか、ゼブおじさんと馬のロトケを思い出して。ゼブおじさんが、仕事がない日に、馬に乗せてくれたこととかも思い出して。

もし呼び止めたら、この人がわたしをどうするか、想像もつかなかった。ゼブおじさんなら、迷子を助けてあげたと思う。でもベルディチェフでは、ユダヤ人が知らない人を呼び止めたりしたら、殺されてもしかたがなかった。

ここはベルディチェフじゃない、とわたしは自分に言い聞かせた。今はアントワープにいて、シスター・カトリナも、ＨＩＡＳの女の人も、アントワープに住む人を怖《こわ》がることはないと言っていたもの。

それに、今日中に自分の部屋に帰るためには、だれかに道をきかなきゃいけない。そう思って、わたしは声をかけた。

「すみません、キング・ストリートへはどう行ったらいいんですか」

その人は、背が高くてやせていた。黒い口ひげがもじゃもじゃと、口をぜんぶおおい隠《かく》していた。

「すみません」とわたしは言った。フラマン語で始めたのに、イディッシュ語に切りかわってしまった。「道に迷ってしまったんです」

荷馬車から降りながら、牛乳屋のおじさんは、ほほえみかけてくれたの。口ひげが、ほおのあたりで持ち上がったのが見えた。

おじさんは、長い指で、わたしの顔にさわって、にっこりとした。

「キング・ストリートだね?」とおじさんは言った。

「いっしょにおいで」

そして、馬に向かって優しく舌を鳴らした。

「わたしのおじさんも荷馬車を持ってたの」

わたしは、アントワープの路地を、おじさんにつれられて歩きながら、緊張《きんちょう》しておしゃべりになっていたみたい。

「ロトケっていう名前の馬だったの。でもロトケが今どうしているのかはわからない。おじさんが死んだ後、ルツばあちゃんが売っちゃったから」

牛乳屋のおじさんは、片手で馬の手綱《たづな》をあやつった。そしてもう片方の手を、わたしに差し出した。わたしは一瞬《いっしゅん》ためらったけど、その手をにぎった。

「おじさんは、お客のない日には、よくわたしを荷馬車に乗せてくれたの」

わたしはフラマン語とイディッシュ語を混ぜてしゃべりつづけた。そしてずっと、牛乳屋のおじさんの手をぎゅっとにぎりしめていた。

「わたしは歩くのがきらいなわけじゃないのよ。ほんとは歩くのは全然きらいじゃないの」

牛乳屋のおじさんはうなずいた。わたしの言っていることが全部わかったわけじゃないと思う。

「ご親切、本当にありがとう。わたしのおじさんも、親切な人だったの。あなたにすごく似てる気がする。わたしのおじさんは、がまん強《づよ》くて静かな人だったの」

牛乳屋のおじさんはわたしのことを見下ろした。口ひげがくちびるの下までたれていた。長細い顔にある目は、燃えてる石炭のように暖かかった。父さんや、アヴラムおじさんや、ゼブおじさんの手をにぎるように、このおじさんの手をにぎった。こうやって話していると、心地がよかった。

牛乳屋のおじさんは、キング・ストリートへ連れて行ってくれただけじゃなかった。それだって寄り道だっただろうに、キング・ストリートの家まで連れて行ってくれたんだ。トヴァ、その人は、優しい目のほかはゼブおじさんには似ていなかったけど、いっしょにいた間じゅう、わたしは、ゼブおじさんがそばにいるように感じていた。家の戸の外で、別れぎわに、牛乳屋のおじさんは、わたしにおじぎをしてくれた。

わたしはおじさんの手をはなしたくなかった。手の甲《てこう》はごわごわの毛だらけだった。トヴァ、なんでそんなことをしたのかわからない、わたしはその長い手を取って、その力強くて、ごわごわの手の甲にキスしたの。キング・ストリートの家の真ん前で。

ゼブおじさんには、お別れは言えなかった。ある日、おじさんは、家から出たとたんに兵隊に撃《う》ち殺《ころ》された。それで終わりだった。牛乳屋のおじさんの手にキスしながら、ゼブおじさんにも、やっときちんとお別れを言えたような気がした。
牛乳屋のおじさんは、もう一度おじぎをして、それから
長い足で、荷馬車に乗って、遠ざかっていった。
もう夜もおそくなっちゃった。ろうそくも残り少ない。
トヴァ、たまに思うよ。人の親切に、
どうやって感謝したらいいの？
知らない人がこんなに親切にしてくれるなんて、
思ってもみなかった。兄さんたち、
アシェルやルベンやイサークも、
他人にここまでしてあげてると思う？
そうだといいな。
シャローム、わたしの大好きないとこに。

リフカより

1920年7月29日
アントワープ
ベルギー

……かなしみ　わずらい　愁《うれ》いのなかにも
なぐさめの日のあることを忘れない……
プーシキン

トヴァへ
アントワープはいい町だ。人々は親切で、思いやりがある。子どもまでそうなの。

わたしは、部屋の外の公園で、子どもたちと遊ぶ。あのハンナに似てる子は、ギゼルっていう名前だった。でも、なかよくなってみたら、ハンナとはぜんぜんちがうってわかった。ギゼルのほうが、もっとしっかりしてて強いの。ボールを持って公園に来るから、投げあって遊ぶ。まりつき歌をいくつも覚えた。意味はわからないで歌ってるんだけどね。

みんなは、わたしのなまりを笑うけど、いじわるで笑ってるんじゃないのがわかる。

アントワープにずっと住んでるような気がする。大家さんのマリーとガストンは、とっても親切。フラマン語で話すと喜んでくれる。今日あったことの話をすると、ガストンが笑って、手をたたく。「マリー、聞いたかい」とガストンはとくいそうに言う。「おもしろい子じゃないか」

昔はここが異国に思えたなんて、信じられない。運河の上の橋も、グルンプラッツの市場も、路地を走るきれいな馬車や馬も、演芸場の芸人もフラダンスのダンサーも、なにもかもが身近に感じる。母さんと父さんがここにいたらいい。兄ちゃんたちも。そしてあたも、ハンナやアヴラムおじさんやルッツばあちゃんや、ほかのみんなも。みんなここにいたらいいのに。この街で、みんなでいっしょにすごせたら、どんなにいいか。

ベルギーはね、人が親切なだけじゃない。食べ物もおいしいの。シスター・カトリナとＨＩＡＳのおばさんが、めずらしいものをいろいろ食べさせてくれる。わたしはほとんど毎日、市場で買って食べる。とても安いから、父さんからのお金をためられるし、そこの食べ物といったら、トヴァ、信じられないものばかりだよ。

バナナという名前のくだものがある。六月の太陽みたいに黄色くて、弓なりにまがってて、皮をむくと、中から白い実がでてくるの。あまくて、とろっとしてて、フルシレの牛乳よりずっと濃《こ》く感じるの。

それからアイスクリーム！

ベルディチェフの人たちが一度アイスクリームを食べたら、それきりほかのものは食べられなくなっちゃうよ。午後になると、アイスクリーム屋さんが、キング・ストリートにやってくる。大きな犬にカートを引かせて、小さな鈴《すず》を鳴らしながら歩いてくるから、子どもたちがそのまわりに集まるの。犬はしっぽをふりながらじっと立っている。そんな犬も、そんな人も、今まで見たことがなかった。

それから、チョコレートがある。

これは、だれにも教わらずに、自分ひとりで見つけた。ベルギー・チョコレート。それはもう天国のかけらをかじるかのよう。母さんの焼いたペストリーよりおいしい。母さんには、ぜったいそんなこと言わないけどね。

シスター・カトリナに、チョコレートが大好きって話したら、毎日、一個ずつ、用意しておいてくれるようになった。治療《ちりょう》のあとにいれてくれる紅茶といっしょに食べるんだよ。「リフカ、もっと体にいいものも食べるのよ。チョコレートだけじゃだめよ」とシスターは言う。

「はい」と答えるけど、実は、アイスクリームとチョコレートとバナナしか食べない日もある。ね、トヴァ、わたしも、少しは頭を使って生きてるのよ。一人暮らしにも、いいことがあるってわかった。好きなものだけを食べていられる。

シスター・カトリナが、白癬《はくせん》もなおりかけてますよって。よかったわねって言ってくれるけど、まだ髪《かみ》の毛《け》が生えてこないのを心配しているのもわかる。

アントワープでは、髪がなくても平気なの。来たばっかりのとき、HIASのおばさんが買い物に連れていってくれて、デパートで服を選んでくれた。

新しい服が必要だったの。ベルギーに入る前に、ポーランドのときみたいに、持ち物はみんな消毒された。もちろん、ベルギーの人たちはもっと親切だったけどね。どっちにしても、二度も消毒されて、わたしの服はみんなぼろぼろ。

HIASのおばさんと買い物をしているときに、すてきなぼうしを見つけた。頭のハゲが隠《かく》せるぼうし。このぼうしさえあったら、ハゲでもいいと思った。でもお金がなかった。

だから、わたしはお金をためはじめた。そしてお金がたまると、すぐにデパートに行った。買おうと思って。そのぼうしさえあれば、自分の見かけを恥《は》ずかしいなんて思わなくてすむ。そのぼうしさえあれば、どこにいたって、頭をあげて、胸を張っていられる。でもデパートに行ったら、もうぼうしは売られて、なくなっていた。

「お作りしますよ」と売り子が言った。そして、頭のかさぶたのことなんか何も言わずに、寸法を測ってくれた。

新しいぼうしができた。わたしだけのぼうし。

それは黒いベルベットの生地《きじ》で、細かいひだがよせてある。つばの裏地は、空色のベルベットなんだ。

白癬がなおってきたから、カーチフをいつもかぶっていなくてもよくなった。頭のまわりのものを何もかも消毒しなくてもよくなった。もうわたしは、まずしくて、かわいそうな、ベルディチェフからのユダヤ移民になんか見えない。

アメリカに早く行けるといいな。ときどき、狂《くる》っちゃうんじゃないかと思うほど、何もかもが恋《こい》しくなる、母さんや、母さんのイーストのにおいのする手や、ピンクのほっぺた。そして父さん。タリスをはおって、体を前後にゆらしながら、明け方の薄明《うすあ》かりの中で祈《いの》りを捧《ささ》げる父さん。安息日《あんそくび》のろうそくの灯りのにおいをかいだり、父さんと母さんの祈《いの》りの声を聞いたりしたくて、胸が痛いくらい。もう一度、父さんと母さんを抱《だ》きしめて、わたしも抱きしめられたい。父さんと母さんが恋しくてしかたがない。ナタンに、また髪《かみ》をとかしてもらいたい。こんがらがったわたしの巻《ま》き髪《がみ》を、母さんよりやさしくとかしてくれた。サウルでさえなつかしい。あの大きな足も、わたしをからかうその口調も。

アメリカについたら、アイスクリームを作ってみたいな。牛乳から作れるってことはわかってる。もしかしたら、ルツばあちゃんがフルシレといっしょに商売を始めちゃうかもしれないね。ロシアでも、ユダヤ人がアイスクリームを作ることはまだ禁止されてない、と思う。もしかしたら、ばあちゃんがアイスクリーム屋さんになったら、お金もうけして、アヴラムおじさんと同じくらい、お金持ちになっちゃうかもね。

古い世界から、あなたやばあちゃんを連れ出すことはできないけど、新しい世界の何かをわけてあげたい。

シャローム、わたしのいとこに。

リフカより

1920年9月14日
アントワープ
ベルギー

……幸なき者の心かわらぬ妹――
のぞみはくらい地の下にも
はげみとよろこびを呼びさます
まちわびた日がおとずれるだろう……
プーシキン

トヴァへ

アメリカに行くことになった！
白癬《はくせん》はなおったとシスター・カトリナが保証してくれて、お医者さんが書類に署名《しょめい》してくれた。「気をつけて行くんだよ」とお医者さんは言った。

アメリカに行ける。そして母さんや父さんや兄ちゃんたちと会える。ベルディチェフを出てから、もう丸一年になる。すさまじい一年だった。

髪《かみ》はまだ生えてこない。シスター・カトリナが、もう二度と生えてこないかも知れないって。ハゲたままの一生は想像できない。つけ毛もかつらもあることはあるけど、短くてみっともないかつらをかぶるのは、ぜったいいやだ！

髪《かみ》の毛《け》は、わたしがいちばん自慢《じまん》にしてたものなのに。こんなときにも、あなたのことばが、頭にひびく。「たよれるのは、見かけより頭だよ」って。ぼうしやカーチフをかぶれば、そんなにみっともなくない。まあ、慣れればね。母さんも慣れてくれるといい。頭の中身については……シスター・カトリナとＨＩＡＳのおばさんが、ことばの才能があるってほめてくれたけどね。

ＨＩＡＳのおばさんがきっぷを買うのを手伝ってくれた。この人はワルシャワにいたＨＩＡＳの人にそっくりなの。背が低くて、元気いっぱいで、もしゃもしゃの銀色の髪を、頭のてっぺんでおだんごにしていて。もしかしたら、ＨＩＡＳで働くためには、みんなこういうかっこうをしてなきゃいけないのかもね。わたしも大人になったら、ＨＩＡＳでやとってもらえるかもしれないよ。背の低さでは、ぜったい合格。髪の毛が生えてこなかったら、おだんごができないけど。

ＨＩＡＳのおばさんは、お医者さんから許可をもらってすぐに、蒸気船の会社に連れて行ってくれた。そして、明日アントワープを発《た》つ、小さな船のきっぷを買うようにすすめてくれた。

あと二週間待てば、もっと大きな船で行けたんだけど、待つのがいやだった。それに、大きな船で行くなら、三等船室に乗らないといけない。船の下の方にあって、貧乏《びんぼう》な人たちが、ぎゅうぎゅうづめになって乗る場所が、三等船室。そこでは、プライバシーなんかなんにもなくて、右から左へ、寝がえりうつだけのよゆうもないんだって。母さんと父さんは、そんな船で海を渡《わた》った。父さんの手紙によると、たぶん、わたしはいろいろ文句を言うんじゃないかって。こういう船では金持ちは一等や二等に乗る。貧乏人《びんぼうにん》は、三等に乗る。

というわけで、わたしは身分差のない船のきっぷを買った。この船でアメリカへ渡る人たちは、みんな平等。それが「民主主義的」ということだ。「民主主義」ということばは、HIASのおばさんに教わった。

このごろ、英語を勉強してるんだよ。HIASのおばさんが本を持ってきて、教えてくれる。いちど、トム・ミックスのアメリカ映画に連れて行ってくれた。トム・ミックスはカウボーイなんだよ。トヴァ、カウボーイって知ってる？　馬を乗り回して、銃《じゅう》を撃《う》って悪者をやっつけるんだ。ゼブおじさんがロトケを好きだったのと同じように、トム・ミックスも馬を好きなんだと思う。

今や、ゼブおじさんは、夢の中のことみたいにしか思い出せない。新しいことが、いっぱい、わたしの人生に入りこんできて、トヴァ、ベルディチェフでわたしたちがどんなに苦労してたか、思い出そうとしないかぎり思い出せない。

プーシキンの本と、この手紙がなかったら、ロシアでひどいめにあったことはぜんぶ夢だったんだと思えるときがある。でもプーシキンを読むと、その記憶《きおく》は本当だったんだとはっきりわかる。

今朝、公園で友だちにさよならを言った。とくにギゼルに。シスター・カトリナにはおくりものをすることにした。今までしてくれたことに、ありがとうが言いたいの。シスターはお花が好きだから、グルンプラッツの市場に行って、いちばんきれいな花束を買ってあげようと思う。お金はあるの。父さんが今まで送ってきてくれたお金は、食費と服以外には、ほとんど使ってない。今晩、マリーとガストンも、わたしのためにお別れ会をやってくれる。

トヴァ、アメリカに着いたら、わたしたちの間には、まるまる一つの海が広がることになる。今までなら、ベルディチェフにいつでも帰ることができた。たとえ危険でも、帰ることができた。陸つづきだったからね。

でもこれからは、わたしたちの間には、大西洋がある。大西洋を泳いで渡《わた》って、ベルディチェフには帰れないものね。それにね、トヴァ。わたしは帰りたくないし。

わたしはアメリカで働いて、何でもできるようにする。なんでも。モツィフからの汽車の中で、ポーランド人の女の子に話したように、いろんなことを、いっぱいする。

手紙を書いて、アメリカがどんなにすてきなところか教えてあげる。そしたら、トヴァ、あなたの気も変わって、アメリカに来るかも知れない。家族をみんな連れて、ロシアを出るかもしれない。そしたらまたいっしょだよ。アンナおばさん、アヴラムおじさん、ハンナ、ルツばあちゃん、みんな。でもだれよりも、トヴァ、あなたとずっといっしょにいられるね。

トヴァとリフカ。想像してみて。二人のかしこい女の子が、アメリカ合衆国にいるのを、想像してみて。

シャローム、わたしの大好きないとこに。
リフカより

1920年9月16日
大西洋のどこか

その船にのるわれら数あまたなりき。帆《ほ》をはりしぼる者あり。力あわせて重き櫂《かい》をば水なか深くこぐ者あり。うららなる青海原にわれらがさとき船長《ふなおさ》は舵《かじ》に身をよせ　ことばなくその大き船をあやつる。われは心も安らかに舟夫《かこ》どちに歌うたいき……

プーシキン

トヴァへ

船旅は最高！　自分用の小部屋があって、床《ゆか》にがっちり留めてあるベッドがあって、折りたたみのテーブルもある。小さな丸窓からは海が見える。

でも部屋の中にとじこもってる人なんていない。外には楽しいことがたくさんあるんだから。ラウンジはすてきで、ピアノが置いてあって、ぴかぴかにみがきこんだ木のカウンターもある。ベルディチェフのあなたの家の客間みたい。でも、もっとずっと大きいの。

夜にはダンスがある。乗客が板張りの床《ゆか》でおどる。昼間は、ピーテルという若い水夫が、足にブラシをくくりつけて一人でおどってる。それはね、みがいて、ワックスをかけてるの。仕事をしながら、ピーテルは歌を歌って、わたしにじょうだんを言う。

外のデッキには、本が読めるように、いすが置いてある。ベッドと同じように、金具で留めてある。海が荒《あ》れても平気なようにね。でも、実際には、船が出てから、まだ海は一度も荒れてない。空は晴れて、静かな風が吹《ふ》いている。

「たまには、船がこわれるんじゃないかと思うほど、ものすごい嵐《あらし》にあうよ」とピーテルが言った。

ピーテルはじょうだんがうまくって、言ってることをまともに取っていいのかどうか、わからなくなるくらい。

わたしたちは、おたがいに、知ってる歌を歌ってきかせる。ピーテルが見張り番じゃないときには、おどりのステップを教えてくれる。なんだか、お兄さんが新しくできたみたい。ただ、「お兄さん」とはちょっとちがう、もっといいものかも。サウルと同じくらい、わたしのことを、からかってばかりいるんだけどね。でもピーテルにからかわれても、ちっともいやじゃない。とってもいい感じ。

わたしが、あのプーシキンを持って、デッキのいすにすわると、ピーテルがすぐやってきて、足に毛布をかけてくれる。「ほかにご用はございませんか、リフカおじょうさま?」って言って。

ピーテルは、わたしのことを、まるで小さな王女さまみたいにあつかうの。このわたし、リフカ・ネブロトのことをよ。ときたま、自分をつねってみたくなる。ハンナのごっこ遊びの中でしか味わったことがない、こんな、自分がとくべつなんだって気持ちは。ハンナはどんなにうらやましがるかな。トヴァ、あなたもぜったい好きだと思うよ。

海はとても大きい。どの方角を見ても、深い色の水がうずまいていて、まるで息をしているかのようにあがったりさがったりする。船はその表面をすべっていく。

船酔《ふなよ》いが心配だった。船酔いの話をたくさん聞いたし、そうなってる人もいる。でもわたしは平気。こんなにさわやかな気分ははじめてだ。頭に髪《かみ》が一本もないというのにね。

今日、ピーテルとおもしろい話をした。ピーテルが当番の前に少し時間があったから、話をしながらいっしょにデッキを歩きまわっていたの。ピーテルには兄弟が九人いるんだって。

「お姉さんか妹はいないの?」とわたしは聞いた。

「いないよ。母ちゃんは女の子をほしがってたけど、生まれたのは男の子ばっかりさ」とピーテルは言った。

わたしは、イサークとアシェルとルベンとナタンとサウルについて話した。

「そして、このわたし」とわたしは言った。

「そんなに何人も男の子が続いて、やっと女の子。きみは、お母さんやお父さんにとっては宝物なんだね。お兄さんたちにとってもね」

「上の三人には会ったことがないの。わたしが生まれる前にアメリカに行っちゃったからね。だから宝物かどうかわからない。でもサウルはぜったいちがう。ナタンはともかく、サウルは思ってないよ」

トヴァ、想像できる？　わたしが宝物？　わたしはピーテルに言った。

「ぜったい、わたしの家族は、わたしのこと、宝物なんて思ってないって」

そしたらピーテルはこう言った。

「それなら、きみの家族は見る目がないよ」

わたしははずかしくなって目をふせたけど、うれしくってつい笑顔になっちゃった、トヴァ。ピーテルは言った。

「リフカ、きみはほんとに強いよ。頭もいい。だから一人でなんとかやってこれた」

ピーテルにはベルディチェフから逃《に》げ出《だ》したときのことも、チフスにかかったことも、母さんや父さんが先に行かなきゃいけなかったことも、話してあったの。

「ぼくにはとても無理だ。そんなにいくつものことばを覚えるなんてさ。きみのフラマン語は、ぼくよりうまいよ。ぼくなんか、生まれてこのかた、十七年間、ずっとベルギーに住んでるのに」

また「ことば」……。トヴァ、どうしてみんなはこんなに大さわぎするんだろう。

「ピーテル、ほめすぎよ。強いって言うけど、ほんとうに強いっていうのは、わたしのおばさんやおばあさんみたいな人のことをいうんだと思うの。二人とも、ロシアで、ユダヤ人だからってきらわれながら生きていこうっていうんだから。二人ともかしこいの。ベルディチェフでは、そうじゃないと、生きていかれないのよ」

わたしはつづけた。

「そういう意味では、ベルディチェフを出てからの方が楽だった。一人はさびしかったけどね。みんな親切にしてくれた。わたしは強いわけじゃないよ、ピーテル。強かったら、ロシアに残っていたと思うもの」

「そうだね、きみが故郷に残してきた人たちはみんなとっても強いのかもしれない。でも、それが、かしこいってこと？」とピーテルが言った。

「いとこのトヴァは、とってもかしこいけど、やっぱり残る方を選んだよ」

「ぼくはかしこくないからさ、きみみたいに、外国語はかんたんに覚えられない。海を行ったり来たりするだけで、ろくにものも知らない。でもね、リフカ、ぼくは、きみが、とっても強い、すごくかしこい子だと思うんだよ」

そしてピーテルは、わたしの上にかがみこんで、キスをした！　くちびるの上に。トヴァ。温かかった。口のまわりにのびかけた、やわらかい金色のひげが、くすぐったかった。

その瞬間《しゅんかん》、船が、アメリカに、ずっと着かないといいと思った。そうしたら、この、ひろい、みどりの海を、このままいつまでも、ピーテルと旅しつづけられるのに。

でも、わたしが目を上げたら、ピーテルはまっ赤な顔をしていた。そして「仕事にもどらなきゃ」ともぞもぞ言って、いそいで行っちゃった。わたしは一人でデッキに残された。わからない。ピーテルが逃《に》げ出《だ》すようなことは、何もしてないのに。これでどこがかしこいっていうのよ? トヴァ。考えれば考えるほど、頭がこんがらがってくる。

わたしは自分の部屋にもどって、プーシキンを開いた。その時の気持ちを表してくれる詩を探した。プーシキンを読んでいると、たまに考える。詩が書けたらいいのになって。書けるわけない。サウルによく言われた、おまえは、言うことなんかないのに、しゃべってしゃべってしゃべりまくるって。でもたまには、言いたいことが、あるときもある。頭の中、心の中の言いたいことを書きとめないと、爆発《ばくはつ》するかもしれないと思う。

もうすぐ、アメリカのニューヨークに着く。そしてもうすぐ、母さんや父さんや大きい兄さんたちにみんな会える。ナタンにサウル、それから、会ったこともない、イサーク、アシェル、ルベンに。

アメリカで、詩を書いてみるかも。

シャローム

リフカより

1920年9月21日
大西洋

……ゆくりなくはやて吹《ふ》きよせ　海面《うなも》に大波立つと見るまに　船長《ふなおさ》も舟夫《かこ》もともどもに波間にのみつくされぬ。奇《く》しき歌びとのわれのみひとり　いかずちとどろくなかを　荒磯《あらいそ》辺に打ちあげられぬ。みぎわの巌《いわお》のかたえにてそぼちたる衣《きぬ》日にほしつつ　われはかわらぬ歌をうたいつぐ。

プーシキン

トヴァへ

これまで、いろんなものをなくしてきた。でも、もっと多くのものを、またなくした。すごい嵐《あらし》が来た。船はこわれそうになって、しずみかけた。でも、生きのびた。みんながみんな、わたしみたいに運がよかったわけじゃない。でも、わたしは生きのびた。

船は、最初に乗りこんだときは、とても大きくて安全に見えたのに、この嵐の激しさにはかなわなかった。

嵐は、夜、みんなが眠《ねむ》っている間に始まった。わたしは、ユダヤ人が無差別に殺されるポグロムの夢を見ていた。コサックの騎馬隊《きばたい》が、ライフルをわたしに向けながら、むちをふりおろした。銃声《じゅうせい》も聞こえた。村が燃えていた。わたしは、あなたの家の地下室でふるえていた。外ではほのおが燃えさかっていた。

目がさめて夢は消えたけど、悪夢のような現実があった。わたしは船室の床《ゆか》にたたきつけられた。ベッドから投げ出されるくらい、海は荒《あ》れくるっていた。

急いで服を着て、ふるえながらカーチフを結んだ。そして部屋のドアを開けた。まだ夜だったけど、空はぞっとするような黄色、古いあざみたいな黄色。デッキに向かおうとした。でも、壁《かべ》に打ちつけられた。海が上下にゆれて、わたしを、あっちへこっちへ投げ飛ばすのだ。憎《にく》しみでいっぱいになってるような大海の中で、船がゆさぶられていた。足もとをいきなりすくわれて、わたしはたおれた。立ち上がって、またすくわれた。

デッキの上はものすごく混乱していた。雨はまだだった。でも風がすごかった。昨日はあんなにおだやかだった海が、今はいきりたって、腹ぺこの野獣《やじゅう》みたいで、口をぱっくり開けて、船の両側に高くもりあがって、くずれ落ちてきた。

水夫たちは、黄色い光の中で、クモみたいに走り回っていた。おたがいに向かって、風にかき消されないような大声で指示を出し合っていた。ピーテル、あのピーテルも、波をかぶりながら、柱にしがみついて必死に作業していた。

ロシアでの恐怖《きょうふ》が、よみがえってきた。嵐《あらし》は、ポグロムくらいおそろしかった。ロシアの農民が、ユダヤ人に襲《おそ》いかかる。家を焼き、店を打ちこわし、わたしたちを殺す。

胃がぎゅっとねじれた。吐《は》いちゃうと思って、デッキのはじまで、なんとかはって行った。船が大きくゆれて、胃もゆれた。わたしは吐いた。ゲロでよごれたくなかった。手すりにしがみついて、なんとか立ち上がろうとした。でも船は、足の下からいきなりすとんと落ちて、金属の手すりに、頭をぶつけてしまった。

だれかが後ろから近づいてきて、毛布で肩《かた》をくるんでくれた。

「ピーテル！」

わたしは声をあげた。自分がびしょぬれになってるのに、そのとき、気づいた。

「おいで、リフカ！」

ピーテルは風に負けないようにさけんだ。

「そこからはなれるんだ！」

わたしはふるえ始めた。口の中は血の味がして、鼻の中は血のにおいがした。冷たい金属みたいな味がして、胃の中のものが思いっきり外に出てきた。わたしはピーテルのうでをふりほどいて、また手すりまでかけもどり、船のふちから、ぜんぶ吐《は》きもどした。

吐いてる間にも、水が、壁《かべ》のような水が、わたしの前に立ちはだかった。ピーテルはわたしの腰《こし》をかかえて、船のふちから引《ひ》きはなした。水がわたしたちの頭の上に降りそそいで、デッキへくずれ落ちた。

波が、わたしの体を吸いこんで、船の外へ放り出そうとした。ピーテルがいなかったら、トヴァ、わたしは海にさらわれていた。ピーテルがわたしの命を救ってくれた。波が海に引き返すまで、わたしをかかえこみ、次の波がおそいかかってくる前に、わたしを抱《だ》き起《お》こした。

「こっちだ」

ピーテルはハッチにわたしをつれていってくれた。

「早く。嵐《あらし》がおさまるまで、船の中にいなきゃだめだ」

激しい風に負けないようにピーテルは大きな声で言った。

船室へおりていくとき、ふり返って見ると、ピーテルの髪《かみ》は頭にへばりつき、防水服からは水がしたたっていた。

「三等船室はきらいなのよ、ピーテル」

ピーテルは笑った。

「強く！　そして、かしこく！」

ピーテルはさけんだ。風がそのまわりで切《き》り裂《さ》くような音をたてた。

「気をつけて、ピーテル！」

わたしも声をはりあげた。

「わかってるよ、リフカ」

ピーテルは答えた。

その声は静かだったけど、わたしはその中に、恐怖《きょうふ》の心を感じとった。急な階段をおりながら、その声が耳の中でこだました。

階段の一番下にたどり着くと、ほかの乗客がおおぜい身を寄せあっていた。わたしたちは、そこでも、みんな平等だった。みんな平等にみじめで、平等に危険で、平等におびえていた。

みんな吐《は》いた。わたしも吐いた。そこは、すえた牛乳があふれかえったときより、もっとずっとくさくなった。

女の人たちは泣きながら体をゆすった。男の人たちはお腹をかかえてうめいた。わたしはピーテルと水夫たちが心配でたまらなかった。トヴァ、家族にも、二度と会えないと思った。

プーシキンさえそこにあったら、読むこともできたのに。ほうきのわらで作ったダビデの星がはさんであるページを開いて、安全を祈《いの》ることもできたのに。でもあの本は、わたしの部屋にあって、取りに行くことはできなかった。

わたしたちはふるえて、汗《あせ》にまみれて、吐きつづけた。船のゆれがおさまるまで、三十六時間もの間。とうとうハッチのとびらが開かれて、わたしたちは穴からはい出した。

デッキはあとかたもなくなっていた。かけがねで留めてあったものは、何もかも引きちぎられていた。ピアノなんて、壁《かべ》にたたきつけられて粉々になっていた。

デッキにあった椅子《いす》のほとんどが、床《ゆか》からひっこぬかれて、なくなっていた。ねじ曲がった金属のかけがねだけが、椅子のあった場所につき出していた。

板張りの床《ゆか》の残った部分には、海のよごれが厚くつもっていた。デッキに水夫が一人たおれていた。頭からつま先まで包帯でぐるぐるまきになって、うめいていた。わたしは口から心臓が飛び出るかと思った。ピーテルだったら？　ああ、トヴァ、どきどきした。

でも、ピーテルじゃなかった。

わたしは聞いてみた。何かできることはありませんかって。でも返事はなかった。

水夫たちが、足を引きずったり、包帯を巻いてもらったりしていた。ピーテルを捜《さが》してまわったけど、見つけられなかった。

とうとう、わたしは、航海士を呼び止めて、聞いたんだ。

「ピーテルという水夫を知りませんか。すみません。いそがしいのはわかっています。でもピーテルがどこにいるのか、教えてください」

航海士は、わたしのことを見下ろして、わたしの肩《かた》に、両手を置いた。ゼブおじさんが死んだ晩、父さんがそうしたみたいに。

「嵐《あらし》の中で、水夫が一人海にのまれた」と航海士は言った。

「ピーテルだったの？」とわたしは声をしぼりだした。

航海士はうなずいた。

トヴァ、わたしは窒息《ちっそく》しそうだった。もう何も見えなかった。何も聞こえなかった。気がついたら、わたしは自分の部屋にもどっていて、ベルディチェフを出てから初めて、声をあげて泣いていた。この一年分の涙《なみだ》が、この壮絶《そうぜつ》な一年分の涙が、体の底からあふれ出してきて、わたしは泣きつづけた。

わたしを強い子だと言ったピーテル。今のわたしを見たらなんて言うだろう。でもどうでもいい。わたしはピーテルを思って泣いた。自分を思って泣いた。泣きやめられなかった。泣きやみたくなかった。

涙《なみだ》がすっかり出なくなるまで、わたしは泣きつづけた。それから静かになった。嵐《あらし》の後の海のように、静かになった。


今、わたしは部屋にすわって、待っている。船は遭難《そうなん》信号を発信した。もう、自力ではどこへも行けない。エンジンの音は鼓動《こどう》と同じ役目をしていたんだけど、心臓がとまっちゃった。エンジンが動かなくなっちゃったの。

別の船がこの信号をキャッチして、海の中をアメリカまでひっぱっていってくれるのを、待たなきゃいけない。もう嵐が来ないといい。船はもうそんな戦いに耐《た》えられそうにない。

トヴァ、わたしは急に気づいたよ。自分たちが、どんなに弱いか。ユダヤ人だけじゃない。みんなが。だれもが。頭の中は、トヴァや、アンナおばさんやルツばあちゃんや、母さんや父さんで、いっぱいだ。細長い家の一番奥《おく》にすわっているばあちゃんが見える。小さなストーブの前で、サモワールのお茶をすすっているばあちゃんも、それから、アメリカという不思議な国にのまれてしまった父さんと母さんも見える。それから、あなたも。あなたは、窓の外の空っぽの道をじっと見ている。わたしたちが別れたときに通ったその道を、じっと。自分たちの命が、どんなに大事か、やっと気づいた。そして人生がどんなに短いか。家にもどりたい。

HIASがアントワープから母さんと父さんに送った電報では、わたしは、今日、アメリカに着くことになっていた。でも、今日、わたしは、大西洋のど真ん中の動かない船の中にいる。

父さんと母さんがむかえに来て、わたしがいなかったらどうするだろう。いつまたむかえにきたらいいのか、どうしたらわかるんだろう。もう二度と会えないかもしれない。トヴァ、もうつかれた。苦労するのはつかれた。今、この瞬間《しゅんかん》、わたしは、ベルディチェフを出なきゃよかったと思っている。

シャローム、わたしのトヴァに。

リフカより

1920年10月1日
ニューヨーク港にて

……あまたの思いが　頭のなかで　おそれ気もなく波だちはじめ
韻《いん》がかろやかな足どりで　それを迎《むか》えに駆《か》けてくる。指がおのずとペンを求め……

プーシキン

トヴァへ
今日、船はエリス島に着く。
今日こそ、母さんに会って、イーストのにおいを思いっきり吸《す》いこむ。今日こそ、父さんの濃《こ》いひげにくすぐられる。ナタンの笑顔のえくぼと、サウルのくるくる頭も見られる。今日こそ、アシェルとイサークとルベンに会うことができる。
わたしはもう、お気に入りのぼうしをかぶっている。黒いベルベットに、うす青いふちのついたぼうし。これをかぶっていれば、母さんもわたしのハゲが気にならないんじゃないかと思う。父さんのタリスはリュックサックにしまっちゃったけど、母さんの金のロケットは首にかけている。

船長さんによると、運航会社が家族に連絡《れんらく》をとってくれたので、みんなが到着《とうちゃく》を待ちかまえているんだって。母さんと父さんと家に帰るためには、まずエリス島での面接に合格しなきゃいけない。エリス島のことは、父さんの手紙にも書いてあった。

エリス島っていうのは、アメリカであってアメリカじゃない場所だって父さんは書いていた。エリス島は、わたしの未来と過去を区切る一本の線だ。その線を越《こ》えるまで、わたしは、帰る家のない、移民なんだ。でも、エリス島をいったん出れば、本当にアメリカに入れたことになる。

父さんの手紙には、エリス島ではいろんな質問をされると書いてあった。落ち着いて、正確に答えなきゃいけないって。こわがることなんてない。わたしは質問に答えるのが得意だもの。質問を何千個もされたって大丈夫《だいじょうぶ》、母さんと父さんに会える。わたしの母さんと父さんに。

たった一週間前には、アメリカにたどりつく希望をなくしちゃっていた。海の中を、どうすることもできないまま、何日もただよって、だれかが助けてくれるのを、ただ待っていた。船のそうじをするのは、できるかぎり手伝った。もしピーテルが生きていたら、ピーテルがその仕事をしてたはずだから。

救出船が来てからも、船と船をロープでしばったり、船の間を行き来したりに、とても時間がかかった。もう二度と動かないんじゃないかと思うほどだった。やっと動き出しても、ゆっくりとしか進まなかった。自分で泳いだ方が早くアメリカにつけるんじゃないかと思ったくらいだ。

ロシアにいるときは、アメリカが期待と冒険《ぼうけん》の象徴《しょうちょう》だった。でも今はもっと深い意味がある。どこかから逃《に》げ出《だ》したくて行く場所じゃない。新しい人生を始める場所なんだ。

アメリカでは、頭を使って考えられるかしこい子は、きっといい人生が送れると思う。もうすぐだよ、トヴァ、もうすぐそんなアメリカに入国する。いつか、あなたも来られるといい。

シャロームム、わたしのいとこに。

リフカより

追伸　この手紙をちょうど書き終えたときに、デッキで歓声《かんせい》が上がった。見に行くと、乗客がみんな船の片側に集まって、何かを見上げていた。自由の女神だった。トヴァ、それは港の真ん中に立っている、大きな女の像のことなんだよ。女神は、わたしたちの道を照らすために、灯をかかげてくれていた。

1920年10月2日
エリス島

……握手《あくしゅ》しよう　かならず帰るから
十月の初めにはきっと……
プーシキン

トヴァへ
自分の身に起きたことをどう話したらいいのかわからない。何も感じられなくて、信じられないの。もし書いて説明することさえできたなら、自分でも理解できるようになって、気分もましになるかも知れないのに。
わたしは、エリス島の伝染病病院に入れられている。母さんと父さんのところに行かせてもらえなかった。会わせてももらえなかった。トヴァ、わたしはアメリカに入国できなかった！
港に入ったあと、わたしは人が何百人もいる大きな部屋のベンチにすわって、自分の名前が呼ばれるのを待っていた。

長いこと待った。ただただ、母さんと父さんに会いたかった。母さんの髪《かみ》や父さんのひげを捜《さが》して見回してみたけど、みつからなかった。濃《こ》いひげや黒い髪をした人はいたけど、母さんでも父さんでもなかった。もちろん、わたしが見のがすはずがない。

とうとう、男の人に名前を呼ばれた。その人の言っていることは理解できなかった。わたしは緊張《きんちょう》していたし、その人はすごい早口で、ＨＩＡＳの人よりも早口で、英語をしゃべったからだ。だれかが通訳を探してきてくれた。聞かれた質問には答えたし、バカじゃないことを証明するために、本を音読してみせたけど、許可はなかなかおりなかった。

お医者さんが診察《しんさつ》しに来た。お医者さんは、わたしのお気に入りのぼうしを取った。ぼうしを取られるのは、ロシアの兵隊に髪をさわられたり、国境でポーランド人のお医者さんに診察されたりしたときと同じくらい、いやだったけど、あのときと同じように、いやだとは言えなかった。

そのお医者さんが、別のお医者さんを呼んできた。二人は早口で話し合って、わたしの頭を調べた。そして首を振《ふ》った。それから二人は、めがねをかけた背の高い人を呼んできた。この人のめがねの鼻あては、指紋《しもん》ですごくよごれていたけど、それは、めがねの金ぶちを、ひっきりなしに細い鼻の上に押《お》しあげるせいだと思う。

「どうしたんですか？」とお医者さんのそでをつかまえて聞いてみたけど、答えはなかった。一人目のお医者さんが、わたしの肩《かた》にチョークで印をつけて、許可のおりない人たちのいる檻《おり》みたいなところを指差した。

そこに収容されているのは、アメリカにとっての「好ましからざる移民」たち。係の役人がどうするか決めるまで、島に残される。たとえば、犯罪者とか、知的障害者とか。わたしはそうじゃない。そうであるわけがない。

「どうして収容されなくちゃいけないの？　どうしてこの人たちといっしょにするの？ここじゃ、だめなの！　わたしはアメリカにいるはずなの。アメリカに来たんだから」

イディッシュ語でさけんでいたら、ＨＩＡＳの女の人がやってきた。この人もまた、アントワープやワルシャワのＨＩＡＳのおばさんたちと同じように背が低かったけど、この人の頭のてっぺんには、赤い髪のおだんごが乗っかっていた。

「しーっ、静かにして。落ち着いて。でないと、助けてあげられない」

その人はお医者さんと話をした。金ぶちのめがねの人とも話をした。女の人の表情が、どんどんくもっていくのが見てとれた。もどってきたときには、いい知らせがないことがわかっていた。

その人は、お医者さんの言ったことを、イディッシュ語で説明してくれた。「感染症《かんせんしょう》があるから、入院しなくちゃいけません。ヨーロッパでかかった白癬《はくせん》のせいよ」

「白癬はもうなおりました！」とわたしはさけんだ。

「ミスター・ファーゲイトという、あそこの、背の高い、めがねの人が、入国前に、白癬が完治しているかどうか確認しないといけないと言ってるの。ほんの一日か二日だけですむかもしれないわよ」

「一日か二日でもいや。母さんと父さんのところに今すぐ行きたいんです。証明書には白癬はなおったって書いてあるでしょう。どうして証明書を信じてくれないんですか。どうしてここで待たなくちゃいけないんですか」

「あの人たちが心配しているのは、白癬だけじゃない。あなたの髪《かみ》のことも心配しているのよ」とＨＩＡＳのおばさんは言った。そして手《て》の甲《こう》でわたしのほおをなでた。あごには茶色いいぼがあって、そこから赤い毛がぬうっとのびていた。わたしは体をはなした。

「わたしの髪?」

わたしは黒いベルベットのぼうしを、耳が隠《かく》れるまで引っぱりおろした。

「そう、あなたの髪の心配をしているの」

「どうして髪のことなんて心配するんですか」

「あの人たちにとっては、大切なことなのよ。白癬は治ってるとしても、あなたの髪が生えてこなかったら、アメリカ政府はあなたのことを『社会の負担《ふたん》』とみなすからね」

「どういうこと? 『社会の負担』って」とわたしは聞いた。

「それはね、アメリカ政府が、あなたを一生、養っていかなくちゃいけないってことなの。髪のないあなたは、『好ましからざる移民』ってことになる。髪が生えてこないと、あなたを養ってくれる夫が、見つからないかもしれない。そしたら、かわりに、アメリカ政府が、あなたが生きて行くためのお金を出さなくちゃいけないかもしれない」

わたしにはこの人の言うことが信じられなかった。

「ちゃんと目的があって、頭をそってるユダヤ人の女もいますよ。ユダヤの戒律《かいりつ》に書いてある。ハゲは、罪じゃないでしょ」

おばさんはため息をついた。

「この国は、わたしが大きくなっても結婚《けっこん》できないかもしれないからという理由だけで、入国させてくれないんですか」

「そういうことなのよ」

「いいおくさんになるのに、髪《かみ》は、ぜーんぜん関係ないです」とわたしは言い張った。

「ユダヤ人の女の人で、かつらをかぶってる人は、ふつうにいますよ。わたしも、かつらをかぶって、なおかつ、いいおくさんになることも、できる」

「あなたはまだ子どもだから、そう思うんでしょうけどね、そんなに単純なことじゃないのよ」

「すっごく単純なことですよ」とわたしは言い返した。

でも、おばさんは言った。

「規則を変えることはできないの、リフカ。髪が生えないかぎり、あなたは送り返されます」

それでおしまい。今になって髪が生えてくる可能性なんて、どれくらいあるだろう?

もう一年近くも生えてきていないというのに。

トヴァ、あなたはまちがってたんじゃないかと、今は思う。女の子は、見かけじゃない、頭の方が大切だって言ってたよね。でもアメリカでは、見かけの方がずっと大切で、そして今たよれるのが、自分の、この見かけしかないんだとしたら、わたしは、入国もできずに、このまま、なんにもせずに、このまま、送り返されることになる、もと来た国に。ロシアに。ありえないよ……。

シャローム、

リフカより

1920年10月7日
エリス島

……わが道はくらく　わがゆくさきの荒海《あらうみ》は
くるしみを　また悲しみを約束する
だが友よ　死をわたしはのぞまない
わたしは生きたい　ものを思い苦しむために……
プーシキン

トヴァへ

もう一週間がたった。そんなに悪いところじゃなかった、ほんとのところ。だんだん慣れてきた。病棟《びょうとう》は、人であふれかえっている。

さいしょに連れていかれたところでは、ほかの女の人といっしょに寝《ね》るか、ひとりでベビーベッドに寝るか、えらぶように言われた。だから答えた。ベビーベッドにしますって。足ははみ出るけど、知らない人と寝るよりはいいもの。その人は何か病気を持ってるかもしれないし。背が低いのも、たまには役に立つよ。

病院には、大勢の人がいる。二日経《た》ったら、わたしは別の病棟へ移された。そこでは、自分のベッドがもらえた。

サウルが会いにきたけど、前いたとこに案内されて、会えなかった。わたしがどこにいるか、だれもわかってなかった。それで、サウルは帰るしかなかった。この一年間ではじめて、見知った顔に会える。サウルだっていい。サウルだって、会いたかった。でも会えなかった。

そのあと、また、別の病棟に移された。ここで一人の看護婦さんが、わたしを気にかけてくれるようになった。

名前は、ボウエンさん。ときどき、自分の部屋に連れて行ってくれる。それは、エリス島の別の地区にある。小さなボートに乗って行く。わたしはそうじを手伝うんだけどね、ほんとは、チョコを食べる。チョコは、いつもおいてある。ベルギーのチョコレートほどじゃないけど、じゅうぶんおいしいんだよ。いっしょに行くのは、とても楽しい。

英語もわかるようになってきた。病棟を回診《かいしん》する看護婦さんやお医者さんについてまわって、その英語に耳をすます。ポーランドやロシアから来た人のために、通訳することもできるようになってきた。簡単なことしかできないけど、看護婦さんやお医者さんの役には立ってるみたい。

ここにはポーランド人の赤ちゃんが一人いる。その子は一人ぼっちなんだ。お母さんは、チフスで死んでしまった。わたしはもうチフスにかかったから、その赤ちゃんの世話の手伝いができる。とてもきれいな子で、濃《こ》い色の大きな目は顔の半分くらいあって頭はハゲてる。わたしと同じくらいハゲているの。その子は、ちっとも泣かない。わたしはだっこして、あやして、イディッシュ語の子守唄《こもりうた》を歌ってあげる。話を聞かせて、プーシキンの詩を朗読してあげる。ポーランドの汽車にいた赤ちゃんを思い出す。

わたしにはもうひとつ仕事がある。ある晩、食堂で、わたしの向かいに小さな男の子がすわった。その子のどこが悪いのか、わたしにはわからなかった。どうして病院にいるのか。ガリガリにやせていて顔色が悪くて、目の下には濃いくまができていた。その目を見て、何かを思い出した。だれかに似ていた。でもお腹《なか》がぺこぺこだったから、すぐ忘れた。

それから食事が配られた。けっこうおいしくて、たくさんあるんだ。みんなが、手をいろんな方向へのばして、食べ物を手渡《てわた》し、取り分け、食べていくのに、その子は、ただすわって、食べ物が自分の目の前を通りすぎていくのを見ているだけだった。

わたしは、じゃがいもとお肉とにんじんとパンを取った。その子はわたしのお皿を見ていたけど、何も取らなかった。

「どうしたの？　どうして食べないの？」とわたしはイディッシュ語で聞いた。

答えはなかった。

「食べなさいよ」と今度は英語でそう言った。

しーん。

「何か食べるものを取ったら」と今度はロシア語で言ってみた。

すると男の子は顔をあげて、わたしの目を見た。

「ロシア語はわかるのね？」とわたしは言った。

「でもイディッシュ語はわからないのね？」

それで、わたしにはその子の正体がわかった。

百姓《ひゃくしょう》だ。ロシアの百姓の子だ。

それが、ここでわたしの目の前にすわってたのよ。トヴァ、わたしたちが故郷から逃《に》げなくちゃいけなかった原因が。

この子のせいなんだ。

わたしが、こんなに長い間、家族とはなればなれになって、ひとりぼっちでいなきゃいけないのも。チフスにかかったのも。髪《かみ》をなくしたのも。ゼブおじさんが死んだのも。みんなの命が危ないのも。

エリス島の病院の食堂で、わたしの目の前に、その子がすわってた。

わたしはその子を見ないようにした。関わりたくなかった。でもその子はそこにいた。わたしの目の前に。ロシアの百姓《ひゃくしょう》の子が。

その子はじっと自分の手をみつめていた。前に出して、きちっと重ねた、血色の悪い手だった。それからまた、わたしのことを見上げた。その目。

思い出した。その子は、あの駅の兵士の子ども版だ。氷みたいな緑色の目の、あの兵士。

関わりたくなかった。ぜったいに。

でもね、トヴァ。飢《う》えて死んだりするのはだめだよね。とくに、こんな小さな、七つくらいの子に、そんなことがあっちゃだめだ。

「どこかが悪くて食べられないの？」とロシア語で聞いたら、首をふった。

「食べないと、送り返されちゃうよ」

男の子はうなずいた。

「送り返されたいの？」と聞いたら、またうなずいたけど、今度は目に涙《なみだ》があふれてきた。

「そんなら、帰りたいって言えばいいじゃない！」

わたしは大声を出した。

わたしは帰ったら殺される。この子のお父さんか、おじさんか、いとこか、近所の人か、だれかがユダヤ人を、ただユダヤ人だっていうだけで、手あたりしだいに殺そうとして、そして、わたしのことも殺すんだ。

くるったロシアの百姓たちが！

この子はここに残れる。アメリカに残れる。どこも悪くないんだから。この子はどっちにも住める、ロシアでも、アメリカでも。だれにも傷つけられない。それでも、送り返されたくて、この子は食べない。

わたしたちのまわりで、人が食べていた。なのに、その子は、空っぽのお皿の前にいる。ほっぺたに涙がつたってる。

わたしはこの子がにくかった。この子の後ろにあるものが、にくかった。でも、泣くのを見るのもいやだった。こんな小さな子なのに。

「名前はなんて言うの」とわたしは聞いた。

「イリヤ」と答えた声は、高くて、細くて、弱々しかった。

「イリヤ、何か食べないと、弱っちゃって、国に送り返されても、お家《うち》に着く前に死んじゃうよ。ちょっとでも食べないとだめだよ」

わたしは立ち上がって、その子のお皿に食べ物を取ろうとしたけど、大皿にはもう何にも残ってなかった。しかたがない。子どもが、飢《う》えて、おびえてるんだもん。わたしは、自分のお皿から、食べ物を分けてあげた。

「さあ、食べて。せっかく分けてあげたんだから」

その子はにんじんのかけらを口に入れた。それから、つぎつぎと口に食べ物をつめこみはじめた。

「ほら、ゆっくり、気持ちが悪くなるよ」

その子はぜんぶ食べ終えた。だから、わたしはもう少し分けてあげた。

もしかしたら、ロシアの百姓《ひゃくしょう》の子に、こんな気持ちを持つなんてのは、ばかげてるかもしれない。だって、この子はわたしたちの敵なんだから。

でもね、トヴァ、この子は、ただの、おなかを空《す》かせた子どもだった。それに、世話をすることで、なんだかわたしの気分が軽くなった。ずっと忘れていた気持ちだった。

それ以来、わたしには「影《かげ》」ができた。スカートのはじっこをにぎりしめて、わたしの行くところ、どこにでも、ついてくる。ポーランド人の赤ちゃんをあやしているときも、そばにいる。赤ちゃんには近づかせないけどね。

わたしにくっついて建物の中を歩きまわり、食事どきにはぴったりくっついてすわる。目の届くところにいつもいる。

看護婦さんたちはわたしを、小さなお母さんと呼ぶようになった。それもべつに気にならない。

トヴァ、自分のいとこが、ロシアの百姓の子の世話を焼いてるってどう思う？　あなたは、すごくバカなことと思うかもしれないね。母さんなら、きっといやがる。ロシアのことはなんでもきらいだから。母さんが会いに来たら、なんて説明したらいいのか、考えておかなきゃ。

ああ、トヴァ、母さんが早く来てくれないかな。

シャローム

リフカより

1920年10月9日
エリス島

……今は痩《や》せ　肉も削《そ》ぎ落ちているが　まだ生きている
栄華《えいが》の日々も来るかもしれない……

プーシキン

トヴァへ

やっと、家族に会うことができた。ほんとうはだれもアメリカにいないんじゃないかって、何かひどいことがみんなに起きたのに、だれもわたしに教えてくれないんじゃないかって、思いはじめていたんだよ。もしかしたら、アメリカ人がみんなを誘拐《ゆうかい》して、どこかに閉じこめちゃって、もう二度と会えないかもしれないと思ってた。

でもサウルが来た。学校を休んで、病院に会いに来てくれた。

「母さんも父さんも兄さんたちも、休みがとれないんだ。働かないといけないからさ。だからおれが来た」とサウルはイディッシュ語で言った。

トヴァ、サウルのことを見たとき、こんなに背が高くて、こんなにハンサムなサウルを見たとき、泣き出しそうになった。

でもサウルに泣き顔を見せるわけにはいかないでしょ。ドアが開いて、入ってきたのはサウルで、サウルがあたりを見回しながら立っていた。

「サウル！」とわたしはさけんだ。それからかけよって抱《だ》きしめた。

サウルはわたしのことをじっくり見ようと、体をはなした。

「本当にリフカ？」

「なによ。妹がわからないの？」

サウルの大きなのどぼとけがごくりとつばを飲みこんで動くのが見えた。

「変わったね」とサウルは言った。

わたしはハゲをおおうカーチフにさわった。

「髪《かみ》ね。もうずっと生えてこないの」

「いや、そういうことじゃなくて」とサウルは言った。

「おまえの目って、こんなに大きかったっけ？」

「いつもこうよ」

わたしはサウルの手を引いて、部屋に連れていった。サウルが来るまでに、自分用のベッドが手に入ってよかった。わたしがベビーベッドに寝《ね》ているなんて、サウルに知られたら、なんて言われるかわからない。ぜったい、一生からかわれるから。

「ほら、おみやげ」

サウルはポケットからバナナを取り出した。何かいたずらをたくらんでいるように見えた。

わたしはバナナを受けとって皮をむいて食べようとして、モツィフでサウルが食べ物を分けてくれたことを思い出して、一口いるって聞いてみた。サウルはがっかりしたみたいに首をふった。

「なによ、サウル？」

「どうしてわかった？　バナナのむき方なんて、どこで教わった？　ロシアじゃバナナなんてなかったじゃないか」

わたしは笑ってしまった。

「なんだ、そんなこと。バナナなら、アントワープにたくさんあったよ。チョコレートも。アイスクリームも」

「ちぇっ、おまえ、『グリーンホーン』じゃないんだな」

「何それ？」とわたしは聞いた。

「移民船から降りたばっかりで、バナナが何かも知らないこと」

「ふふん、わたしが『グリーンホーン』じゃなくて残念でしたね」

サウルは、おしゃれなダンディー男みたいな格好をしていた。ニッカボッカに、ぱりっとしたシャツを着て、ぼうしをななめにかぶって。わたしに見せびらかして、何か言ってほしかったんだと思う。かっこいいとか、すごいとか。

でもサウルはバナナでバカにしようとたくらんでいたからね、だから、わたしは、サウルがどんなにかっこよく見えたか、言いたくなかったの。わたしのアメリカ人になっちゃったお兄さん。

アスキン先生が回診《かいしん》にやってきたので、わたしは英語でサウルを紹介《しょうかい》した。

アスキン先生は言った。

「お会いできて光栄ですよ」

わたしの兄さんのはずのサウルは、うつむいて、耳までまっ赤になって、自分の大きな足を見ているだけで、なんにも言わない。

「サウルってば」

わたしはサウルの靴《くつ》をけっとばして言った。それでもサウルは、なんにも言わない。

「兄も先生にお会いできて喜んでいます、アスキン先生。そうでしょ、サウル」

サウルはうなずいた。アスキン先生はにっこりして出ていった。

「アスキン先生とはなかよしなんだよ」とわたしは英語のまま、サウルに言った。

「どうしてあいさつしなかったの。先生はいい人だよ。マンガを持ってきてくれるの。みんなで絵を見るんだけど、わたし、少しなら読めるんだよ」

「おまえ、読めるの？」とサウルは聞いた。

「少しだけどね。毎日少しずつ勉強してるの。看護婦のボウエンさんが教えてくれる。アスキン先生も教えてくれる。先生は、患者《かんじゃ》さんたちのことで、ミスター・ファーゲイトと話しあわなくちゃいけないから、いそがしいんだけどね」

「おまえの英語はすごく上手だよ。リフカ、どうやってそんなしゃべり方を覚えたんだよ。英語もアントワープで教わったのかい？」

「そうよ。アントワープでたくさん教わった」

サウルは頭をかしげてわたしを見つめた。

「おれの妹のリフカは、たった一週間でアメリカ人みたいにしゃべれるようになっちゃったのかい」

「九日よ、ここに来て九日になるから」

「細かいことはいいよ」とサウルは言った。そして手をのばして、わたしの髪《かみ》をくしゃくしゃにしようとした。まだわたしに金髪《きんぱつ》の巻き毛があったころ、よくやっていたことなんだ。でも、ロシアで、サウルはハゲ隠《かく》しのカーチフにさわる前に、手を引いてしまった。

「髪のことを、母さんになんて話したらいいだろう」とサウルは聞いた。

「本当のことを教えてあげてよ。生えてこないの。今さら生えてこないと思う。もう一年もこのままなんだから」

サウルは自分の足をじっと見た。

「おまえは送り返されちゃうのかな」

なんて答えたらいいかわからなかった。

人がせわしなく行き来するこの病棟《びょうとう》で、サウルはあまりにも大きくて、健康で、居場所がないみたいに見えた。わたしはサウルに向かってにっこりした。

「帰らなきゃいけないことになったらね、サウル、きっとルツばあちゃんといっしょに住むよ。でなきゃ、アヴラムおじさんとトヴァとハンナと。そんなに悪くないかもよ」

サウルもわたしも、本当のことはわかっていた。ベルディチェフを出たのは、サウルの命を守るためだった。そのために、こんどはわたしが命を失うかもしれないんだ。

ちょうどそのとき、イリヤがあらわれて、わたしのうでの中にモゾモゾともぐりこんできた。わたしは英語で、サウルにイリヤを紹介《しょうかい》した。

「わたしの小さなお友だち。イリヤもロシアから来たんだよ」

サウルは、わたしのまくらの下から、イリヤがプーシキンの本を取り出したのに気づいた。イリヤは、病棟が少しの間だけ静かになる午後に、プーシキンを読んでもらうのが好きなの。

「何を持ってるの？」とサウルはイリヤにイディッシュ語で聞いた。

イリヤは答えなかった。サウルをこわがってるみたいだった。

サウルはイリヤの手から本を取った。

イリヤの目にぱっと怒《いか》りがうかんだ。

「イリヤ」とわたしはロシア語で言った。「サウルはわたしのお兄さんなんだよ」

イリヤはわたしを見て、サウルを見た。でも、がんこだから、サウルから本を取りもどそうとした。二人の間で引っぱられて、トヴァ、プーシキンの本は、床《ゆか》に落ちてぱたんと開いた。ダビデの星が、アントワープでほうきのわらで編んだ星が、床にあたってこわれてしまった。

イリヤは、そのわらの星が、わたしにとってどんなに大切か知っていて、いつでもとても大事にあつかってくれていた。イリヤはわたしの顔を見て、緑色の目でまばたきして、部屋からかけだして行ってしまった。

「いやったらしい百姓《ひゃくしょう》のガキだなあ」とサウルは言った。

「リフカ、おまえ、どうしたんだよ。百姓《ひゃくしょう》なんかと、何やってるんだ。こんな本、もう捨てろよ。ロシアの本だろ。それに、いったい何をごちゃごちゃ書いてるんだよ」

「やめてよ、サウル！」

わたしは本を拾い上げてかかえこんだ。怒《おこ》り出しそうだった。サウルに星をこわされた。でも、それだけじゃない。もっとほかのことで、心の中がにえくりかえるのを感じた。

「何を捨てるか捨てないかは、わたしの勝手よ」

トヴァ、胸の奥《おく》が痛かった。そのとき、わたしは自分の兄さんよりも、イリヤの方が大事だったんだ。

「わたしの本なんだから」

サウルは本をまた取り上げようとした。わたしは取られたくなくて、ぜったいゆずりたくなくて、本のかたい表紙を自分の胸に押《お》しあてた。

「おまえは変わったよ、リフカ」

「変わってなんかないもん」とわたしはさけんだ。

「はなれてる間にも、わたしの人生は進んでたのよ。ワルシャワで別れてから、わたしだって、いろんな意味で、おとなになってきたんだよ」

「でもやっぱりおまえはおれの妹だろ」とサウルは言った。

サウルの色の濃《こ》い目は怒《おこ》っていたけど、ほかにも何かを言おうとしていた。わたしはピーテルのことばを思い出した。兄さんたちにとって、わたしは宝物なんだっていう、あのピーテルのことばを。

わたしはサウルのうでに手を置いた。

「そう、わたしは今でも妹だよ。けんかはやめようよ、サウル。長いことひとりでさびしかった。母さんや父さんやナタンや、他の兄さんたちの話を、まだ何もしてくれてないじゃない。もう少しここにいて、話を聞かせて」

サウルはまだ怒《おこ》っているように見えたけど、もう一度こしをおろした。ベッドがきしんだ。

「父さんと母さんは縫製《ほうせい》工場で一日中働いてるよ」

サウルは話しはじめた。

「帰ってくるのは夜中だ。すそをかがるズボンをふくろにつめて持って帰ってきて、おそくまで縫《ぬ》ってるんだよ。おれも手伝うけど、ずっと起きてるわけにはいかないし」

母さんと父さんが、そんなにがんばって働いているなんて。わたしも手伝いたい。手伝わなくちゃいけないって、アメリカ人は、どうしてわかってくれないんだろう。

「ナタンは?」

「パン屋で働いてるよ。日がのぼる前に出かけて行って、日が暮れてから帰ってくる。服はいつも粉まみれさ」

「サウルは?」

「おれは学校に行ってる。父さんが、おれには勉強しろって言うんだ。働きたいけど、父さんがだめだって言う。リフカ、おまえがおれたちといっしょにいたら、おれも働けるかも知れない。おまえさえ学校に行ければ。でも……」

サウルはことばをにごした。わたしが家族といっしょに暮らせるかどうか、アメリカの学校に行けるかどうか、わたしたちのだれも決められない。望みはそれだけなのに。

それは、ミスター・ファーゲイトだけが持っている権限だった。

サウルは言った。

「イサークは、セイディっていう人と結婚《けっこん》したんだ。セイディ・チェノヴィッチ。ベルディチェフのチェノヴィッチ家だよ」

世界はなんて小さいんだろう、トヴァ。一番上のイサークが、はるばるロシアからやってきて、ここで同郷の人と結婚《けっこん》するなんて。同じ村出身の、チェノヴィッチのひとりと。

「とってもきれいな人なんだよ」とサウルは言った。

イサークとセイディには、アーロンという男の子が生まれたんだって。

「わたしはおばさんになったのね」

わたしは手をたたいた。

「信じられない。リフカおばちゃんだよ」

わたしは、イサーク兄さんの赤ちゃんを、今、この場でだっこしたくてうずうずした。

「母さんは、新しいろうそく立てを買った?」とわたしは聞いた。

サウルは、ろうそく立てを買うだけのゆとりがないと答えた。働いてかせいだお金はぜんぶ、ベルギーのわたしに送ってくれていたんだって。わたしのために、みんなはこんなに無理してくれてたんだ。

「安息日《あんそくび》はどうしてるの」とわたしは聞いた。

「安息日も仕事に行くんだ」とサウルは言った。

信じられなかった。母さんと父さんが、安息日に働いているなんて。

わたしは自分のリュックを開けて、お金の入ったふくろを取り出した。

「これはどうしたの、リフカ？」とサウルが聞いた。

「ためておいたの。父さんが送ってくれたお金の残り」とわたしは答えた。

「父さんは、おまえのためにお金を送ってたんだよ、リフカ。何を食べてたんだよ」

「ちゃんと食べてたよ」とわたしは言った。何を食べていたのか、言うつもりはなかったけど。

「このお金を持って帰って。これで、母さんにろうそく立てを買ってあげてほしいの。お金があまったら、母さんと父さんに使うように言って。安息日に働かなくてもいいように。わかった、サウル？」

サウルはそうするって言ってくれた。そしてダビデの星をこわしたことをあやまってくれた。そして帰っていった。サウルがいなくなるまで、わたしは、自分が今まで、どんなにさびしい思いをしていたか、気づかなかった。

トヴァ、わたしはイサークに会ったことがないの。わたしが生まれる前にロシアを出てしまったから。でも、今は、ほんとに会えるのかどうかも、わからなくなってる。わたしは、お兄さんの赤ちゃんをだっこもできないで、送り返されちゃうのかもしれない。

シャローム

リフカより

1920年10月11日
エリス島

……おおかたひとは晩秋《おそあき》の日々をそしる。けれど読者よ　わたしには　おだやかに輝《かがや》く秋の　ものしずかな美しさが限りなくいとおしい。家うちでだれからもいつくしまれぬ子供のように　それはわたしの心をひく……

プーシキン

トヴァへ
今日は母さんがやってきた。

母さん。母さん。母さん。母さん。母さんはわたしを抱《だ》きしめて、キスをしてくれた。わたしは母さんについたタマネギやとり肉やセロリやイーストのにおいをかいだ。うれしすぎて、心臓が、まるで卵のようにぱかっと割れてしまうかと思った。

「母さん」

わたしは何度も呼んでみた。まばたきをしたら、ベッドの上の、わたしのとなりにいる母さんが、消えてしまうんじゃないかと不安だった。

母さんは小さなハチミツケーキを取り出した。「十三歳《さい》の誕生日に」と母さんはイディッシュ語で言った。

母さんはわたしがケーキをまるまる一つ食べるのを見ていた。その間、わたしたちはベッドのはじっこにぴったりよりそってすわっていた。わたしは指の先を一本一本なめた。ケーキは、覚えていたとおりのすばらしい味だった。母さんのハチミツケーキ。

「アントワープのことを話してきかせて」と母さんは言った。

わたしはシスター・カトリナや、ＨＩＡＳのおばさんや、公園で知り合ったギゼルについて話した。海でのひどい嵐《あらし》のことや、船がエリス島までひっぱってこられたことも。

「髪《かみ》はどうなの？　そんなにひどいの」

母さんは、わたしを窓のそばへ連れていって、カーチフをはずした。そして頭をよく調べた。その耳には、長くて黒い髪がかかっていた。わたしはそれがうらやましかった。

母さんはため息をついて、わたしのハゲた頭に手を乗せた。

「もういいから」

わたしはそう言って、その手を頭からどけた。そして、カーチフをていねいに結びなおした。

「ばあちゃんがここにいたらいいのに。どうしたらいいか教えてくれるだろうにね」と母さんが言った。

「ばあちゃんがいたらいいなとわたしも思うよ、母さん」とわたしは答えた。

トヴァ、あなたもここにいたらいいのに。でも今となっては、それがほんとにいいことなのか、わからなくなっちゃった。アメリカに入国するには、完璧《かんぺき》じゃなきゃいけないんだよ。わたしの頭はハゲているし、あなたの背中は曲がっている。わたしたちは完璧じゃない。だから入れてもらえない。

「アメリカ人って、わけがわからないよ」

わたしは母さんに言った。

「わたしがここに入れられてるのは、入国しちゃったら、病気をうつしちゃうからでしょ。それなのに、母さんには面会させるなんて、ぜったいおかしい。感染するおそれがあるんだったら、母さんにだって病気がうつる。母さんにうつれば、アメリカ人みんなにだってうつっちゃうよ。わたしがニューヨークに行くのと、母さんがここに来るのと、どうちがうって言うの。どっちにしたって、わたしがほんとにそんなに危険だったら、だれかが病気になるはずじゃない。アメリカ人って、ほんとに、頭がよくない人たちだね」

「ちょっと、おやめ、リフカ。だれが聞いてるかわからないでしょ」と母さんは言った。

わたしはあたりを見回した。イディッシュ語をわかる人がいたとしても、だれも耳をすませてなんかなかった。

「アメリカみたいな大きな国が、こんな小さなユダヤ人の女の子をこわがる理由がどこにあるの。それも、髪《かみ》がないってだけで」とわたしは言った。

「ほんとうはね、母さん、わたしがだんなさんを見つけられないんじゃないかって心配なんだよ。髪がないからって結婚《けっこん》できないわけじゃないのに」

「何か頭にぬったらいいかもしれないよ。父さんが来られたらいいのに。何か考えがあるかもしれない」

「だめよ、母さん。父さんだって、髪をはやすことはできない。わたしはハゲになっちゃったんだから」

「でも、リフカ」と母さんは言った。そして、だまってしまった。いったい、母さんに何が言えただろう。わたしはどうしたってハゲてるんだから。

「心配しないで、母さん」

母さんは病人の世話がうまくないの。病気になると、看病してくれたのはいつも父さんだった。

「ちゃんと食べてる?」と母さんは聞いた。

「ここのごはんはおいしいんだよ」とわたしは答えた。

ベルギーでたくさんチョコレートやアイスクリームを食べたことは、母さんには話さなかった。

アスキン先生がやって来て、母さんにあいさつをしてくれた。それからミスター・ファーゲイトといっしょに、面接をしに行ってしまった。

母さんにアントワープの市場の話をしてるときに、ポーランド人の赤ちゃんが泣きだした。

「ちょっと待っててね、母さん」わたしはそう言って、母さんをベッドにすわらせたまま残していかなきゃいけなかった。母さんからはなれたくなかった。母さんとの大事な時間を一瞬《いっしゅん》もむだにしたくなかったけど、赤ちゃんはわたしを必要としてたんだもの。

赤ちゃんを泣きやませたら、今度は熱のある女の人にお水をたのまれて、それからもやることがどんどん出てきた。毎日看護婦さんたちを手伝って、やっていることだ。わたしは何度もふりかえって、母さんを見た。消えちゃうんじゃないかって心配だった。

母さんは消えなかった。ただすわって、わたしを見つめていた。

「父さんそっくりね」

ようやく母さんのところにもどると、母さんはそう言った。

「それに、リフカ、あんたの英語ときたら。あんたはいつもことばを覚えるのが得意だったよ。歩くよりも早くしゃべっていたくらいだもの。それでもこんなに早く英語を話せるようになるとは思っていなかった。わたしはここに来て一年になるけれど、ほとんど話せないもの」

「アメリカに残れたら、教えてあげる」とわたしは言った。

「あれはだれの赤ちゃん？」と母さんが聞いた。

わたしは母さんの手をとって、ベビーベッドまで連れていった。

「この子はポーランドから来たんだけど、お母さんがチフスで死んじゃったの。この子もチフスにかかっているの。ほらね」

わたしは母さんに赤ちゃんの湿疹《しっしん》を見せた。

「わたし、この子の世話を手伝っているの」

母さんがいる間中ずっと、イリヤがはなれていることにわたしは気づいた。ふだんなら、木のやにみたいにわたしにくっついていて、わたしが赤ちゃんを抱《だ》きあげただけで、嫉妬《しっと》してるような顔をするのに。

もしかしたら、イリヤは母さんの何かに気づいたのかもしれない。

トヴァ、あなたなら、イリヤとわたしがなかよしなのを、わかってくれるよね。アヴラムおじさんにも、ロシア人や、ユダヤ人じゃない友だちがいたもの。でも母さんや父さんは、そういうことは好きじゃない。

母さんはポーランド人の赤ちゃんならまだ許せるんじゃないかと思う。ことばを話さない、赤ちゃんだから。もしかしたら、ユダヤ人の赤ちゃんかもしれないし。ポーランド系のユダヤ人はたくさんいるものね。でもイリヤはユダヤ人じゃない。イリヤはロシアの百《ひゃく》姓《しょう》の子だ。そして、母さんと父さんはロシアのことを、なにもかもきらうようになってしまった。

トヴァ、わたしはよく考える。自分の中のロシア人の部分を否定するのは、むりだって。わたしはユダヤ人だけど、ロシア人でもある。わたしはユダヤ人とロシア人、両方なの。そしてもっと別のものでもある。もっともっといろんな部分も持ち合わせている。

プーシキンの詩をイリヤに読んで聞かせながら、イリヤの顔をのぞくと、そのことばがわたしをゆさぶるのと同じように、イリヤのこともゆさぶっているのがわかる。なくしたものを思い出すと、わたしもイリヤも、同じように胸が痛む。

イリヤの痛みは、きっとわたしには想像もつかないようなものなんだと思う。わたしには家族がいる。ロシアにも、アメリカにも、わたしをかわいがってくれて、気にかけてくれる家族がいる。サウルだってサウルなりに、気にかけてくれている。

でもイリヤには家族がいない。アメリカにはおじさんが一人いるらしい。でも、三つも仕事をかけもちしていて、イリヤを引きとろうとしているのは、かわいいからじゃなくて、イリヤが働いて持ってくるお金のためなんだって。わたしがここに来てから、一度もたずねてきたことがない。一度も。そんなの家族と呼べないでしょ。

かわいそうなイリヤは、ロシアでの生活にはもどれない。イリヤが二歳《さい》の時にお父さんが死んだ。お母さんは再婚《さいこん》したけど、新しい相手はイリヤをほしがらなかった。だからアメリカに来たんだって。もう帰れない。少なくとも、家族のもとへは帰れない。トヴァとハンナが、この子を引き取れないかな。小さなロシア人の男の子を育てられないかな。

もちろん、むりだよね。わかってる。イリヤをアメリカの生活になじませることがいちばんいいって、あなたなら、きっと言う。イリヤは、アメリカに住むしかない。

イリヤは頭がいい。プーシキンの詩も暗記している。わたしが何度も読んできかせたから、今では自分で読むこともあるくらいだ。

わたしは言う。

「イリヤ、ロシア語じゃなくて、英語を読めるようにならないとだめよ。あんたはアメリカ人になるんだよ」

イリヤは怒《おこ》ったような目でわたしを見る。そしてときどき、どうしていいのかわからないような顔をする。

わたしたちは、二つの世界の間にはさまったたまま。イリヤはロシアへ帰りたい。そこしか知らないからだ。わたしはアメリカに入国したい。でもわたしもイリヤも、この島を出ることができない。

イリヤは物を食べるようになって、目の下のくまもなくなってきたけど、まだやせていて弱々しい。でもお医者さんやミスター・ファーゲイトは、健康のことよりも、精神状態の心配をしているみたい。

イリヤはバカだと思われているんだ。自分で食べ物をとろうとしないから。

いまだにわたしが、お皿に食べ物を取り分けてあげてるの。そして、イリヤは、ほかのだれとも話さない。だれも聞いていないところでわたしと話すだけ。でもね、トヴァ。イリヤはとても頭がいい。七歳《さい》でプーシキンが読めるなんて、かしこいに決まってる。イリヤの人生はロシアじゃなくて、このアメリカにあるんだって、わたしが気づかせてあげなきゃいけない。どうやったらできるんだろう。

トヴァ、あなたなら何か知恵《ちえ》があるはず。

トヴァ、スープに塩が必要なように、わたしにはあなたが必要です。

シャローム

リフカより

1920年10月14日
エリス島

……うれいの季節！　うるわしいながめのときよ！　おまえのわかれの輝《かがや》きに　わたしは心をひかれる——しぼみゆくはなやかな自然のすがたのいとしさよ！　なべての森はくれないと黄金《こがね》のころもをまとい　森のかげには風がざわめき　さわやかな息吹《いぶき》がこもる。空は流れる霧《きり》につつまれ　ときおりもれるほのかな日ざし。寒さがややにおとずれはじめ　はるか遠くに　灰色のきびしい冬がひかえている……

プーシキン

トヴァへ

イリヤのせいで、今日、ちょっとしたさわぎにまきこまれた。わたしたちは病院の中のよく知らない場所を歩いていた。ドドドドという機械の音が聞こえた。イリヤは機械が大好きなんだ。だから、わたしたちは港を見わたせるバルコニーで男の人たちが働いているところに行ってみた。

わたしはその人たちに近づいた。その中の一人が、今まで聞いたことのない英語のことばを使ったからだ。母さんならそんなことばは覚えなくていいって言うようなことばだったけど、興味があった。

そのとき、イリヤがその場にいないのに気がついた。出会ってからいつもそばにいて、一歩か二歩しかはなれたことがないのに。はじめて、わたしのまわりからイリヤがいなくなった。

わたしはイリヤの名前を呼びながら、バルコニーにかけよった。小さい子なら、水に落ちるのはかんたんだ。ロシア語で呼びながら、バルコニーからろうかへ走っていって、それからまた走ってもどった。おじさんたちは、金づちを持つ手を止め、あぜんとして、わたしを見ていた。

さっきの機械の音が頭の中にまだ鳴りひびいていたんだ。でもそれが消えてなくなると、しんとした中で、イリヤのかん高い声が聞こえた。

わたしは声の方へ向き直った。金属製のトイレのドアが、いくつもならんでいて、そのどこかから、イリヤの声がした。そしてとうとう、中の一つでイリヤをみつけた。イリヤの頭の上に、白い紙がうずまいていた。まるで大きな白い鳥がまいおりているかのようだった。

鳥のわけないよ！　トイレットペーパーだ。イリヤが、終わりのないリボンみたいに、引き出していた。そして、おおはしゃぎして笑いこけていた。「紙！　紙！」って。

わたしはロシア語でイリヤをしかりつけた。

「何やってるのよ、イリヤ！　あんた、殺されちゃうわよ。見て、紙をこんなにむだにしちゃったじゃないの」

わたしはイリヤの腕《うで》をつかんで、紙からひきはなした。そしておおいそぎで紙を巻いた。しかられる前に、紙を元にもどしてしまおうと思ったんだ。

おじさんが一人、こっちに来た。そして太い腕《うで》を、わたしたちの奥《おく》の方に伸《の》ばした。おじさんは、紙のロールをはずして、手すりの向こう、港の水の中へ投げ捨てた。イリヤがほどいたトイレットペーパーの、白い長いしっぽは、わたしたちの頭の上をこえて、バルコニーの向こうへ消えていった。

おじさんは、今度はわたしたちを港に投げすてそうな顔で、こっちを見た。

ぎょっとした。それで、イリヤをひっつかんでかけだした。あまりのいきおいに、イリヤは壁《かべ》に肩《かた》をぶつけてしまったけど、わたしは立ち止まりもなぐさめもしなかった。

「殺される！」とわたしはさけんだ。イリヤをひきずりながら、何度もうしろをふりむいて、おじさんが追いかけてこないことを確かめた。

「もう二度とあんなことをしちゃだめ」

わたしは息をつきながら、イリヤにまた言った。そして二人して、ベッドの上にたおれこんだ。

看護婦さんのボウエンさんがやってきた。イリヤは肩を押《お》さえて、べそをかいていた。

「どうしたの？」

ボウエンさんはイリヤの肩を見て聞いた。

「ミスター・ファーゲイトには言わないって約束してくれる？　ミスター・ファーゲイトにわたしたちをロシアに送り返させないって約束してくれる？」

「どうしたの、言ってごらん、リフカ」

「イリヤがトイレットペーパーをむだにしちゃったの」

イリヤの犯した罪は何よりも重いと信じきって、わたしは話した。

「トイレットペーパー？」

ボウエンさんは聞き返した。

「リフカ、何の話をしてるの？」

わたしはトイレや工事の人たちについて話した。

ボウエンさんは笑いだした。

「笑いごとじゃすまないの」とわたしは言った。

「紙をむだにするのはロシアでは重罪なの」

「リフカ、アメリカじゃ重罪じゃないのよ」とボウエンさんは言った。「紙はたくさんあるの。トイレットペーパーも、新聞も、いろんな種類の紙がある。心配しなくていいのよ。トイレットペーパー一つで、あなたをロシアに送り返したりはしないから」

ボウエンさんは、イリヤの肩《かた》は平気だって言ってくれたけど、そのときには、イリヤはもう泣きやんでいた。

ボウエンさんは笑いながら出ていった。

わたしは少しバカにされた気分だった。でも紙が、そこまで貴重じゃないなら、やっぱりへんなことをやっちゃったのかも。そうかもね。でもほんとにそうなら、もしかしたら、ボウエンさんの言ってたたくさんの紙を、少し、物を書くためにわけてもらえるかもしれないね。

イリヤはわたしのまくらの下からプーシキンを取り出して、読んでくれと手渡《てわた》してきた。

わたしは言った。

「プーシキンはもう読まない。わたしは自分の詩を書くことにしたの」

トヴァ、覚えてるかな、わたしがいつか詩を書いてみるかもしれないと言ったこと。実はね、わたしたちの本の裏に、少し書いてみてたんだ。あなたにあてた手紙と、わたしの書いた詩で、ページはいっぱいになってるけど、まだ書いている。ときどき英語でも書いてみる。英語だと、あまりいい詩にならない。韻《いん》がうまくふめないからね。でも、それでも書くよ。ロシアのこと、ルツばあちゃんやあなたやハンナのこと、アメリカに来ること、エリス島に来ること、わたしは詩を書く。

ボウエンさんに紙をたのんでみた。そしたら、手に持ちきれないくらいの紙をくれた。トヴァ、手に持ちきれないくらいの紙だよ。紙を見るだけで、からだの中からことばがあふれ出てくる。わたしは紙とプーシキンを外に持ち出した。イリヤは、もちろん、影《かげ》みたいについてきた。

この島はきれいなところだ。港の向こう岸には、高い建物が大きな見張り番のようにそびえ立って、母さんや父さんとわたしをはばんでいる。一生通してもらえないんじゃないかと思うと、不安になる。それでも、ここが美しいと思う気持ちも、否定できない。

ベルディチェフと同じように、ここの木の葉の色も変わる。ガンが頭の上を飛んでいく。鳴きながら、群れを作り、くずれてまた作り、自由の女神の上の方、まっ青な空を飛んでいく。太陽が肩《かた》にぽかぽかと暖かい。秋のにおいが鼻をくすぐる。

わたしの詩は、プーシキンほどすてきなものじゃないかもしれないけど、書いていると心が落ち着く。イリヤもその詩が好きなんだ。わたしの詩を読んできかせてって、何度も何度もせがんでくる。聞いてくれる人がいてくれるのは、ありがたいことだよね。

トヴァ、わたしが詩人になるなんて、思ってもみなかったでしょ。これも「頭を使う」ってことじゃない？

シャローム、わたしのいとこに。

リフカより

1920年10月21日
エリス島

……はるかな友よ　わたしのこころの
わかれのことばをうけておくれ
ひとり残されたやもめのように
かつて詩人の追われるときに
言葉なくいだいてくれた友のように
プーシキン

トヴァへ

赤ちゃんが、チフスにかかってたあの赤ちゃんが、三週間前ここにきてから、ずっと世話してきたあの子が、今朝、ベビーベッドの中で、トヴァ、死んでるのを見つけた。

夜の間に、ひとりきりで、死んじゃった。赤ちゃんの、色の濃《こ》い目が、まっすぐに、わたしの内側をのぞきこんでくるときの感じを覚えている。わたしの指を、その小さなこぶしで、わたしの力を自分の中に取りこむかのように、ぎゅっと握《にぎ》りしめた。だからわたしは、自分の力をあの子にあげた。あげられるかぎりの力を喜んであげた。でも足りなかった。トヴァ、わたしにとって、あの子はほんとうに大切な存在だった。

そしたら、こんどは、ミスター・ファーゲイトが病棟《びょうとう》に入ってきた。うちの家族に知らせたそうだ、明日わたしの件を裁決するって。明日、わたしの将来がはっきりする。ミスター・ファーゲイトは、イリヤのおじさんも呼んだそうだ。

わたしはこわくて仕方がないの、トヴァ。海よりもはるかに大きなものが、ベルディチェフとわたしの間にある。わたしの中で、何か変わった。もう、あそこに、もどれないんだ。

なによりも心配なのは、頭がまたかゆいこと。二、三日前からかゆくなった。こわくて、スカーフを取って見れない。湿疹《しっしん》だらけの頭はもう二度と見たくないし。白癬《はくせん》は、なおってなかった。みつかったら、確実に送り返される。

わたしも、あなたと同じように、最初からロシアに残ればよかった。そうすることが、いちばんよかったのかも。でも、海をわたって、ヨーロッパをこえて、ポーランドを通って、ベルディチェフへ帰ることを想像するのも、もういやだ。

なんのチャンスもあたえられないまま、このままアメリカを去る、今、こんなにわたしが必要とされているときに、母さんや父さんや兄さんたちみんなを残して。そんなこと、考えることもできない。

たとえ帰りの旅をたえられたとしても、ふるさとにたどり着くことができたとしても、ロシア人に殺されなかったとしても、もう二度と、ベルディチェフでは暮らせない。あそこにもどるには、わたしは、この大きな世界で、いろんなことを経験しすぎた。

シャローム、トヴァへ。

リフカより

1920年10月22日
エリス島

……重いくさりは地の上に落ちて
ひとや（獄）はくずれ　戸口で自由が
よろこびにみちて君たちを迎《むか》え
兄弟がつるぎを渡《わた》すだろう
　　　　　　　　プーシキン

トヴァへ

これが、エリス島からあなたに書く、最後の手紙になる。今日、信じられないことが起きた。どこから話し始めたらいいのかもわからない。

目が覚めたときは、のどに毛糸の固まりがつっかえているようだった。昨日は、イリヤをとなりのベッドで寝《ね》かせてあげた。たとえ、今日何が起きようと、二人でいっしょに過ごす、最後の夜になるってわかっていたから。

わたしたちは、暗闇《くらやみ》の中で長いことささやき合っていた。わたしはイリヤに、アメリカをこわがることないんだよって言った。ここでも友だちはできるし、イリヤのおじさんはイリヤのことをちゃんとかわいがってくれるし、世話もしてくれるからって。

イリヤはロシアでは小作人の百姓《ひゃくしょう》にしかなれないことも話した。それは変わらない。イリヤのお父さんと同じように、若くして死んで、同じように小さな息子《むすこ》を残していくことになるかもしれない。アメリカでは、なんでも好きなものになれるんだよって話した。結《けっ》婚《こん》して、子どもを作って、年を取って、孫が生まれるのを見ることもできるんだよって。

イリヤは、そんなら残ると言った。もし、わたしと結婚できるならって。

よかった、暗くて、笑い顔を見られずにすんで。バカにして笑ったんじゃないんだ。

この三週間で、アメリカについてたくさんのことを学んだ。イリヤとトイレットペーパーの事件にあんなに取り乱したのが、たった数日前だったなんて、信じられない。今では笑って話せる。それも、新しいことをいろいろ学んできた証拠《しょうこ》だよね。

それでも今朝、イリヤが丸まって寝ているとなりで目を覚まして、自分がいろんなことを学んだからってどうなるんだろうと思っていた。アメリカに残れる可能性なんて、どれくらいあるというの。髪《かみ》も生えてこない、白癬《はくせん》だってまた出てきた。頭をかかないように、ずっとがまんしてなくちゃいけないほどなんだ。

イリヤにはアメリカがあるけど、わたしにはない。わたしにあるのは、ロシアだけ。

ミスター・ファーゲイト、今日、決定する権限のあるその人が、病室の脇《わき》の小さな事務室に入ってきて、最初にイリヤのことを呼んだ。

イリヤはわたしの手をにぎりしめ、わたしたちはいっしょに中に入っていった。ミスター・ファーゲイトとアスキン先生が話し合いながら、診察《しんさつ》した。ミスター・ファーゲイトは、イリヤの体重が増えたことに気づいたみたい。

イリヤのおじさんは近くの椅子《いす》にすわっていた。おじさんはものすごく小さな人で、うすい金髪《きんぱつ》に、きびしい目をしていた。イリヤそっくりの目だった。

わたしのほうは、家族全員が来ていた。父さん、母さん、サウル、ナタン、アシェル、ルベン、イサークとセイディと赤ちゃんのアーロン。みんな来てくれた。それがどんなにうれしかったか。わたしは一人一人の顔をじっくり見て、しっかり頭の中にたたきこんだ。ルベンとアシェルとイサークは、どこにいても見わけられたと思う。イサークとアシェルは父さんそっくりで、ルベンはわたしにそっくりだ。みんなが最初に部屋に入ってきたときに、わたしはみんなを抱《だ》きしめ、そしてキスした。

わたしはサウルに小声で聞いた。

「ろうそく立て、買った？」

「買ったよ、リフカ。でもまだ母さんにはあげてないんだ」とサウルは答えた。

「どうしてあげないの？」

サウルは肩《かた》をすくめた。

でも今は、うちの家族は遠くから見てるだけ。わたしはイリヤのそばにいてあげなくちゃいけない。

イリヤのおじさんは、うちの大家族のかげで、ちぢこまっていた。ボウエンさんがそばを通ったら、空気が動いて、おじさんの髪《かみ》が、広いおでこから、ふわりとうきあがった。手にはぼうしをにぎっていて、指でぼうしのふちを何度もなぞっていた。肩は丸めたままだった。イリヤがこの人を必要としているのと同じくらい、この人にもイリヤが必要なように見えた。

ミスター・ファーゲイトが言った。

「この男児は非常に知能が低いようですね。自分で食事を取ることもしなければ、しゃべることもない。アスキン先生、前回の診査《しんさ》の時から、何か変化はありませんか」

アスキン先生はいろんなことを話したけど、話せば話すほど、イリヤのことをぜんぜん知らないってことが、わかってきた。

先生は、イリヤは実際に頭が悪いって思いこんでたの。

イリヤはプーシキンだって読める。食べるのをやめれば、ロシアに送り返されるってこともわかってる。頭が悪いんじゃない。そんなことを理由に、ロシアに送り返されるなんて、ぜったいにだめだ。

ミスター・ファーゲイトは、めがねを鼻の上に押《お》し上《あ》げてから、からだを乗り出して、イリヤを見た。

「話はできますか」とミスター・ファーゲイトは英語で聞いた。

イリヤはミスター・ファーゲイトの目をまっすぐ見つめたけど、何も言わなかった。

「英語がわからないんです」とボウエンさんが言った。

ミスター・ファーゲイトはうなずいた。

「だれか通訳のできる人を探してください」

「わたしができます」

わたしは名乗り出た。

ミスター・ファーゲイトはめがねごしにわたしをじろりと見た。「話すことができるかどうか、聞いてみて」とミスター・ファーゲイトは言った。

「何か言って」

わたしはロシア語でイリヤに言った。

イリヤはわたしのことをにらみつけた。

「イリヤ、しゃべるのよ！」

イリヤはゆっくり頭をふった。

「わたしのプーシキンを持って来て」とわたしはイリヤに言った。

イリヤはわたしのことを見上げて、その金色の髪《かみ》を目からはらいのけた。イリヤのおじさんもおどろいて、目をあげてわたしを見つめた。

「早く、本を取って来て」とわたしはもう一度言った。

イリヤの態度は、今までになくがんこだった。その場で固まったみたいになって、ぴくりとも動こうとしなかった。

「イリヤ」わたしは命令するように言った。「あそこにいって、プーシキンの本を取っておいで。今すぐ！」

わたしはベッドの方をゆびさした。イリヤは、その激しい緑色の瞳《ひとみ》で、わたしを見つめた。それからうつむいて、自分のおじさんのそばを通って、本を取ってきた。

「イリヤは頭がいいんです」

わたしは英語でミスター・ファーゲイトに言った。そして、イリヤを見下ろした。

「読みなさい」

わたしは命令口調のロシア語で言った。

「自分が、アメリカに残る価値があるくらい頭がいいんだって、証明してごらん。イリヤ、あんたがかしこいのは、わたしは知ってるの。でも、ミスター・ファーゲイトにも、それをちゃんとわかってもらわないと。あんたのおじさんにもそれをわかってもらわないと」

わたしはふりむいて、おじさんがぼうしをひざに置いてすわっているところを見た。その目は、イリヤの上から動かなかった。のどのかわききった人が、ひしゃくから水をごくごく飲むみたいに、おじさんはおいの姿をごくごく飲んでるみたいに見えた。

それでも、イリヤはだまっていた。

ミスター・ファーゲイトはハンコを持ち上げた。「不許可」のハンコだ。

「お願いします」

わたしはイリヤのおじさんにロシア語でたのんだ。

「なんとかしないと、イリヤが追い出されちゃう。頭が悪くないことを証明しないと、送り返されてしまうんです」

わたしはおじさんにわかってもらおうと必死だった。

「イリヤはおじさんのことをこわがってるんです。自分はいらない子だって思ってるんです」

「イリヤはわたしの姉の子だよ」

おじさんはロシア語で言った。

「かわいくないはずがないじゃないか。血のつながったおいっ子だよ。この子にもっといい暮らしをさせてやろうと思って、わたしがアメリカに呼びよせたんだよ。いい暮らしをさせてやりたくて、わたしは朝から晩まで働いているんだよ」

「聞こえた、イリヤ？」とわたしは言った。「今のが聞こえた？」

イリヤは初めて自分のおじさんを見た。

「アスキン先生」とわたしは英語で言った。

「イリヤは頭が悪いわけじゃないんです。先生には話すところを見せないかもしれないけど、話すことはできるんです。読むことだってできるんです。まだ七歳《さい》なのに、字が読めるんです」

わたしはイリヤに本を手渡《てわた》した。

「ほら、読んでごらん」とわたしはロシア語で言った。

イリヤのおじさんが席から立ち上がって近づいてきた。そしてぼうしをミスター・ファーゲイトの机のふちに置いて、おいの前にひざをついた。

「お願いだ、イリヤ。このおねえさんの言うとおりにしておくれ」

イリヤは金色の髪《かみ》をおでこにかきあげた。そして読み始めた。

あらしは空を霧《きり》でつつみ
雪のうずをまきあげる

声はふるえていたけど、イリヤは読んでいた。

あらしはけもののように吠《ほ》え
おさな児《ご》のように泣く

イリヤのおじさんの目に涙《なみだ》があふれた。

「あの子はほんとうに読んでいるんですか?」

ミスター・ファーゲイトが聞いた。「ロシア語ですか?」

イリヤのおじさんはうなずいた。「プーシキンです」

「本を見せてくれないか」とミスター・ファーゲイトは言った。そしてプーシキンに手をのばしたけど、イリヤは本を自分に抱《だ》きよせて、胸にかかえこんでしまった。

「ミスター・ファーゲイトに本を見せてあげて」

わたしはロシア語で言った。「ほら、イリヤ」

ミスター・ファーゲイトに本を渡《わた》すイリヤの手はふるえていた。ミスター・ファーゲイトはプーシキンの別のページを開いた。「ここを読んでごらん」

山のふもとの風かげに
実るぶどうの房《ふさ》もすてがたい

イリヤはことばを読み上げながら、指でページをなぞった。

わたしも、アスキン先生も、ボウエンさんも、ほほえんだ。

「この子はこれが理解できてるんですか？　七歳《さい》なのに」とミスター・ファーゲイトが聞いた。

「そうです。理解できるんです」とわたしは答えた。

ミスター・ファーゲイトは、入国許可のハンコを手に取って、それを書類に押《お》した。イリヤはアメリカに残れることになった。

「ちゃんと読めてた、リフカ?」とイリヤがロシア語で聞いた。

「すごくよく読めてたよ、イリヤ。ほんとによくやったね」とわたしは言った。

イリヤのおじさんは、床《ゆか》の上にひざをついていた。そしてイリヤを抱《だ》きしめるために、うでを広げた。ああ、トヴァ。イリヤとおじさんがしっかり抱き合うのを、あなたにも見せてあげたかった。イリヤは何度もわたしのことを抱きしめてくれたけど、こんなふうにはしなかった。一度も。

病棟《びょうとう》のみんなは大さわぎだった。わたし以外は、だれもイリヤの声を聞いたことがなかったからね。でも今、イリヤは声を出しただけじゃない、プーシキンを読んでみせた。ほかの看護婦さんやお医者さんたちもあつまってきた。みんなが興味しんしんにイリヤを取りかこみ、当のイリヤは、おじさんを自分の部屋に案内しながら、ロシア語でいきおいよくしゃべりつづけていた。

わたしには、二人の話を聞いているひまはなかった。自分の面接が始まる。家族は緊張《きんちょう》して待っていた。何人かはすわって、何人かは立って、下される決定を待っていた。その家族の輪に入りたいと思ったけど、この一年間、ほとんどそうだったように、わたしはこっち側にいて、一人だった。

ミスター・ファーゲイトは、アスキン先生と話し合っていた。わたしの白癬《はくせん》についていろいろ聞いていた。

「完治した状態でやってきたんですよ。ベルギーで完全に治ったことを確認してから、こちらに送られてきたんです」とアスキン先生は言った。

どうかどうか、とわたしは祈《いの》った。今さらまた白癬の検査をしようなんて言わないで。もう一週間も検査されていなかった。ずいぶん長い間症状《しょうじょう》が出ていなかったから、もう治ったと思われていた。

わたしはほおの内側を噛《か》んだ。そうすれば、むずがゆい頭をかかないですむ。心の中で、シスター・カトリナが教えてくれたお祈りをとなえた。それから、ヘブライ語のお祈りもとなえた。

ミスター・ファーゲイトはアスキン先生に向き直った。

「髪《かみ》の毛《け》の方はどうなんですか。少しでも生えてきましたか」

わたしはカーチフに手をやって、こっそりと頭をかいてしまった。かかない努力はしていたけど、どうしようもなかった。かゆくてしかたがなかった。朝からずっとそうだった。

「ほら、リフカ」

アスキン先生が、わたしのカーチフをほどきながら、優しく言った。

「髪が生えてきているかもう一度確かめたいから、頭を見せておくれ」

わたしは身をよじった。

ああ、トヴァ、頭を働かせることが役に立つんなら、それは今だ。

「あのですね」とわたしは言った。

「髪が生えても生えなくても、それが何だっていうんでしょうか。女の子だって、見かけだけにたよっていては生きていけません。頭がいい方が、ずっと大切だと思うんです。ごぞんじかも知れませんけど、わたしはたったの三週間で英語を覚えたんですよ」

「それは知っている」とミスター・ファーゲイトが答えた。

「ここではお手伝いもしてます。わたしはとっても働き者なんですよ」

ミスター・ファーゲイトのめがねが鼻の先からずれ落ちた。それでも彼《かれ》はわたしをじっと見つめた。

「ずいぶん遠慮《えんりょ》のない子ですね」

みんな笑った。

「でも本当なんです！」とわたしは必死でさけんだ。「ほんとに働き者なんです！」

「わかってるよ、リフカ」

アスキン先生がうなずいて、ミスター・ファーゲイトに向き直った。

「機会さえあれば、この子は医学を学ぶこともできるでしょう。その能力も、才能も、この子にはあります」

「それがアスキン先生のご意見だとしたら、この子は国から扶養《ふよう》されなくても生きていけるでしょうかね」とミスター・ファーゲイトが言った。

「そこまではわかりません」と先生は答えた。

「でも、必要としない可能性の方が高いでしょうね。わたしはこの子がほかの患者《かんじゃ》の世話をするのを見てきました。思いやりというのは、医学の中では教えようがないことだと思いませんか、ミスター・ファーゲイト。でもその思いやりを、リフカは持っている。あの男児のために、この子がしてあげたことを思い出してください」

「それでも、髪《かみ》のことが気になりますが」とミスター・ファーゲイトは言った。

わたしはミスター・ファーゲイトの目を、まっすぐに見つめた。

「いい人生を送るのに髪は必要ありません」とわたしは言った。

「今は必要ないかもしれない」とミスター・ファーゲイトは答えた。「でも結婚《けっこん》したくなったとき、どうしますか」

「ミスター・ファーゲイト、もし結婚したくなったら」とわたしは言った。アメリカのお役人に、こんなことを言ったなんて、信じられる、トヴァ?

「髪があっても、髪がなくても、わたしは結婚してみせます」

母さんが息をのむのが聞こえた。これくらいの英語は、理解できたんだ。

ミスター・ファーゲイトはわたしをじっくり観察するために、前にかがみこんだ。そして鼻のさきっちょに引っかかってるめがねを通して、わたしのことを見つめた。

「たいそうなことを言うね、おじょうさん」ミスター・ファーゲイトは言った。

「はい」とわたしはうなずいた。「言います」

「なんてことを、リフカ」と母さんがつぶやいた。

わたしは母さんに向き直った。でもそのとき目に入ったのは、イリヤのとなりにひざをついているサウルだった。イリヤとサウルがいっしょになって、プーシキンの本を見ていたの。それからサウルは立ち上がって、イリヤの手を取って、ミスター・ファーゲイトのところに行った。

「なんだね?」ミスター・ファーゲイトは聞いた。

イリヤはわたしのことを見上げた。

「これを読みなよ」とロシア語でわたしに命令した。

「イリヤ、わたしにその手は使えないのよ」とわたしはロシア語で説明した。「わたしが読めるのは、みんな知ってるの。わたしの問題は、あんたの問題とはちがうのよ」

「おまえの詩を読んでみせるんだよ」とサウルが言った。

「この本の裏に書いてある、おまえの詩だよ」

わたしはイリヤをにらみつけた。

「なんで人に見せたのよ。わたしの詩よ」

「でもいい詩だよ、リフカ」とサウルが言った。

「たいしたものじゃないわよ。つまんない、短い詩よ。韻《いん》をふんでもないのよ。そんなもの朗読して、何になるっていうの。もうやめて」

でもイリヤはあきらめなかった。

イリヤはプーシキンを取りあげて、ミスター・ファーゲイトのけわしい顔の前にわたしを押《お》しだした。

「これ」とイリヤは言った。ものすごくなまった英語だった。「これ、リフカ、書いた」

イリヤが、ロシア語以外のことばを話すのは、聞いたことがなかった。

イリヤは深く息をすいこんで、はきだした。ごくりとつばを飲みこんだ。それから、わたしがいちばん新しく書いた英語の詩を、声に出して、読みはじめた。どれだけ書くのに苦労したか。書いてる間、ことばにつまったり、ことばを変えたりするたびに、何度も何度も声に出して読みかえした。イリヤがそうしてほしがったんだけど、それで、イリヤは、すっかりそらで覚えていた。だから、本を見もしなかった。ただ本を持って、覚えた詩を読みあげた。

あなたに残していくのは、低い、かたむいた部屋
蜂蜜《はちみつ》入りのお茶を一緒《いっしょ》に飲んだ部屋
お祈《いの》りを唱えるために頭を下げて一緒に待った部屋
ブーツと銃剣《じゅうけん》を持ったコサック人を待った部屋

みんな、耳をすませた。イリヤのおじさんまで耳をすませた。

わたしがあなたに残すのは
小さく愛《いと》しい、いとこたち
わたしが感じてきた自由を
知ることのない、いとこたち
わたしが学んできたことを
教わることのない、いとこたち

恐《おそ》れを知らない心にこそ
優しさは隠《かく》れているのだと
教わることのない、いとこたち

「これは君が書いたのかい」とミスター・ファーゲイトが聞いた。

わたしはうなずいた。はずかしかった。

「リフカ・ネブロト」

ミスター・ファーゲイトは言った。

「これはとてもいい詩だ」

「そう思いますか?」とわたしは聞き返した。そして、イリヤから本を取って、ページをめくった。

「これよりもっといいのがあります。まだいっぱい書いたんです。ミスター・ファーゲイト。読みましょうか。お時間はありますか。これはきっとお好きだと思うんですが……」

ミスター・ファーゲイトは腕時計《うでどけい》を見た。それからアスキン先生を見た。「あの男の子がずっとだまっていたのもよくわかりますよ。この子が二人分しゃべるんだから」

おっと、今は静かにしてるほうがいいとわたしは思った。

「さて、ネブロトさん」

ミスター・ファーゲイトが、わたしに向かって言った。

「いろいろ考察しましたが、どうやらきみは正しいようだ。きみが結婚《けっこん》したいかどうかは、わたしには関係のないことだ」

そしてアスキン先生の方を向いた。

「この子が結婚する男性を、神がお守りくださいますように」

そしてまたわたしに向き直って、こう言った。

「きみが結婚を望んだときには、きっとやりとげるだろうと確信しているよ。髪《かみ》があってもなくてもね」

それから母さんと父さんの方を見た。

「ネブロトさん、これがおじょうさんの書類です。わたしがこのハンコを押《お》すことによって、アメリカへの入国を許可されたことになります」

わたしの心臓が高なった。

ミスター・ファーゲイトはわたしの入国書類にハンコを押して、わたしに手渡《てわた》した。

「さあ、リフカ・ネブロト。アメリカへようこそ」

看護婦さんたちやお医者さんたちが、いっせいにのしかかってきた。イリヤも。そして、わたしの家族たちみんな。大好きなわたしの家族たち、サウル、ナタン、ルベン、アシェル、イサーク、母さん、父さん、セイディ、そして小さなアーロン。みんなすごく興奮して、キスされて、抱《だ》きしめられて、わたしは息ができなくなるかと思った。

そのとき、わたしは何かを感じた。わたしは恐怖《きょうふ》でかたまった。キスされたり抱きしめられたりしてるうちに、だれかがカーチフをずらした。わたしの頭をおおっているカーチフが、ずり落ちそうになってた。

押《お》さえようと手をのばしたけど、アスキン先生がわたしのうでをぎゅっとつかんでいた。先生はわたしをすごく熱烈《ねつれつ》に抱きしめてくれてる、でもわたしはカーチフがずれ落ちてくるのを感じてる、かくしたい湿疹《しっしん》があと少しで見えちゃう、まるで、わたしをうらぎるかのように。カーチフは、アスキン先生がわたしをはなすと同時に、首のまわりに落ちた。

そして肩《かた》にかかった、ずっしりと、まるで、重たくてたまらない重しのように。

頭が空気にさらされて、前よりずっとかゆくなった。

わたしは手でさっと頭を隠《かく》した。せめてものカーチフのかわりだ。で、数秒後には、カーチフで頭をおおった。だれかに頭の皮を見られる前に、さっさと隠してしまいたかった。

間に合わなかった。わたしを見下ろしていたサウルが、それを見た。アスキン先生も見た。二人とも、わたしの頭をみつめた。

「リフカ、おまえの頭」とサウルが言った。

わたしはカーチフをきつく頭に巻きつけた。

今はだめ、わたしは祈《いの》った。ハンコは押《お》されたんだ。今見つかってはだめ。

「リフカ、頭に何かあるよ」とサウルが言った。

「カーチフを取ってごらん」とアスキン先生が言った。

「お願いですから」

わたしはふるえる声で先生に言った。

「取れなんて言わないで」

「取ってごらん、リフカ」

アスキン先生は聞いてくれなかった。

あごの下の結び目をほどく手が、ぶるぶるふるえた。なかなかほどけなかった。みんながわたしを見ていた。わたしのふるえる手を見ていた。わたしをうらぎったカーチフを見ていた。

「何があるにしても」とわたしは必死で言い訳した。「きっとすぐ消える、きっとそうよ」

それ以上、先のばしにすることはできなかった。カーチフはわたしの肩に落ちた。

「これは消えないわ」

ボウエンさんが言った。

「ほら、リフカ、さわってごらん」

ボウエンさんがわたしの手をとって、頭のてっぺんをさわらせようとした。わたしは覚《かく》悟《ご》をきめた。指をひろげて、指先で、白癬《はくせん》の湿疹《しっしん》をさわろうと……。

でも、白癬にはさわらなかった。

さわったのは髪《かみ》。

たくさんじゃない。でも、それは髪の毛だった。わたしの髪！　髪がのびてきていた。

今、わたしのとなりには、母さんと父さんがすわっている。わたしたちは、エリス島にあるベンチで、イサーク兄さんを待ってるの。ボウエンさんがくれた紙に、この手紙を書いている。

うちに帰ればノートいっぱいの紙があるってサウルが言ってた。わたしのためのまっさらなノート。サウルが自分のお金で、わたしに買ってくれた。そしてうちには、真ちゅうのろうそく立てが二つあるんだって。母さんが前持っていたのにそっくりの、ろうそく立てが二本。今夜、おまえが直接あげなよ、とサウルが言ってくれた。

わたしは黒いベルベットのぼうしをかぶっている。細かいひだがよせてある、空色の裏地の、あのぼうし。頭はまだかゆいけど、それはふつうだってボウエンさんが言った。髪の毛の生えはじめは、頭の皮膚《ひふ》がちくちくするものだって。

母さんの金のロケットは、母さんの胸の間、もとあったところに、そうっとかかっている。わたしの首のまわりには、銀のくさりのついた小さなダビデの星がかけてある。これは、母さんと父さんからのプレゼント。

「サウルがね、あんたはきっとこういうのが好きだろうって」

そう言って渡《わた》してくれた。

「さすが、サウル」

わたしは、母さんと父さんの手にキスした。ひとつの手にキスして、またもうひとつの手にキスした。

イサークは、ボロウ・パークの家まで、自動車を取りに行った。

「ちっともめんどうじゃないよ。おれの妹のリフカは、かっこよくアメリカに入ってこないとね」って兄さんは言った。

わたしみたいなかしこい女の子が、アメリカに入国しようっていうんだから、トヴァ、それしかないよね？

夜になったら、本物の手紙を書くね。ほんとに送れる手紙だよ。わたしたちの大切な本も、しっかり包んで送る。わたしの通って来た道を読んでもらいたい。すり切れてしまったページのはじっこにびっしり書きこんだ小さな文字を、ちゃんと読みとってもらえるといいいんだけど。手紙を書いていて、わたしの心が安らいだように、あなたの心にも安らぎをもたらしますように。

わたしの思いを、あなたにとどけます、トヴァ。やっとやっと、この思いを、アメリカからとどけることができます。

シャローム、わたしの大好きないとこに。

リフカより

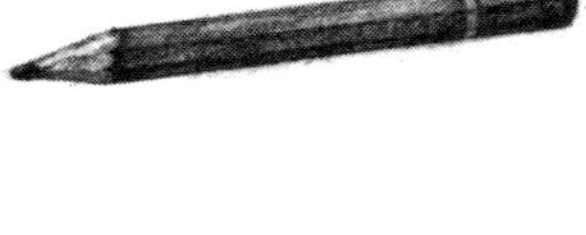

この物語について　伊藤比呂美

十二歳《さい》のユダヤ人の女の子リフカが、家族とともに、故郷のウクライナ（当時はロシアの一部でした）から出てアメリカに向かう旅の話です。旅といっても、今のわたしたちがやってる、飛行機に乗ればいいだけの旅とはずいぶんちがいます。観光旅行じゃなくて移民だし、そのためには、いろんな書類も証明書もいるし、そしてなんたって、飛行機がない時代です。車だってめずらしかったころですよ。

一九一九年といえば、日本は大正時代。

リフカの通るのも、ウクライナ、ポーランド、ベルギー、アメリカと、現代日本に生きるみなさんからはとっても遠い時代であり、場所であります。文化や歴史を、かんたんに説明しておきましょう。

プーシキン（1799～1837）

ロシアの大詩人。トルストイやドストエフスキーといった十九世紀の大作家たちより少し早い時代に活躍《かつやく》して決闘《けっとう》で死にました。

カーチフ

四角い大きなきれいなもようのついた布で、東欧《とうおう》やロシアでは、女性がこれで頭をおおいます。入れ子人形の「マトリョーシカ」がかぶっているものです。

イディッシュ語

東欧系《とうおうけい》のユダヤ人のことば。中世のドイツ語にスラブのいろんなことば（ロシア語もスラブ語のひとつです）やヘブライ語がまざってできたもの。

安息日《あんそくび》

ユダヤ教では、金曜日の日没《にちぼつ》から土曜日の日没まで「安息日」といって、仕事は休んで礼拝をする日です。灯をともすというのも仕事のうちなので、してはいけません。それでユダヤ教徒ではないロシア人の女の子をやとってやらせるわけです。

テテレフ川

ドニエプル川（ロシアからはじまってウクライナをとおって黒海《こっかい》にそそぎます）の支流です。

ユダヤ人

もともと（紀元前にさかのぼります）今のイスラエルのあたりに住んでいた民族です。二世紀ごろに国がなくなって、世界各地に散らばっていきました。東欧に住み着いた人たちも多かったのです。宗教的、経済的、文化的な違《ちが》いをもとに、ヨーロッパでは、昔から迫害《はくがい》や差別をうけてきました。

シャローム

ヘブライ語で元々の意味は「平和」。「こんにちは・さようなら・あなたの平和を祈《いの》ります・げんきでね」などなどを表すあいさつ語。

コサック

ロシアにいた軍事集団。騎馬隊《きばたい》で有名です。一九一七年にロシア革命が起こると、白軍（革命に反対する側）について戦うことが多かったようです。この時代は、まだ馬に乗って戦うことが行われていました。

蒸気船

石炭を燃やして走る船です。一九一二年に北大西洋で難破したタイタニック号も蒸気船でした。一八五三年にペリーが乗ってきた黒船も（正確には四せきのうち二せきが蒸気船）、一八六〇年に徳川幕府の船として最初に太平洋を横断した咸臨丸《かんりんまる》も、蒸気船でした。

自動車

十九世紀末からガソリン自動車が開発されて、一九〇八年には、はじめての大衆車がフォードによって作られました。

ヘブライ移民援助《えんじょ》協会（略してＨＩＡＳ）

ユダヤ人の移民をいろいろと助けた団体です。この団体ができた十九世紀の終わりから、帝政《ていせい》ロシアのユダヤ人がおおぜいアメリカに移民するようになりました。

タリス

ユダヤ教でお祈《いの》りするときのふさつきの肩《かた》かけ。この時代は男用。

バル・ミツヴァ

十三歳《さい》で行われるユダヤ教の成人式。「戒律《かいりつ》の息子《むすこ》」という意味で、もともとは男の子だけでしたが、今では、女の子のためにも「バト・ミツヴァ」があります。

ダビデの星

六角の星形で、ユダヤ民族のシンボル。

ヘブライ語

ユダヤのことばですが、東欧《とうおう》やロシアのユダヤ人は、ふつうはイディッシュ語を使って、ヘブライ語は、お祈りのときなどで使うだけです。イスラエルでは日常的に使われています。

ラビ

人々にユダヤ教を教えみちびく先生。

フラマン語

ベルギーで使われることばの一つ（他にもフランス語、そしてとても少ないんですがドイツ語も使われます）。フラマン語は、オランダ語にとても近いものです。

ポグロム

ユダヤ人に対する迫害《はくがい》……打《う》ち壊《こわ》し、焼き打ち、レイプ、虐殺《ぎゃくさつ》。テロのようなものです。十九世紀末から二十世紀初めにかけて、とくにロシアでよく行われました。

頭をそってるユダヤ人の女

ユダヤの文化では、結婚《けっこん》した女は（ほかの男に魅力《みりょく》を見せないために）髪《かみ》をそる習慣がありました。外出のときはかつらをかぶり、ふだんは布で頭をおおっていたそうです。

エリス島

大西洋に面したニューヨーク港内の島で、そこに移民局がありました。ヨーロッパからの移民はみんな、まずこのエリス島に着いて、検査されて通されました（あるいは通されずに送り返されました）。移民局がつくられたのが一八九二年、それから、一九二四年に「一九二四年移民法」という法律ができて移民が制限されるまで、千二百万人のヨーロッパからの移民が入ってきました。そのあともエリス島の建物は別の目的で使われていましたが、一九五四年にはすっかり閉鎖《へいさ》して、今は博物館になっています。日系移民はエリス島ではなく、太平洋に面したサンフランシスコ湾《わん》の中にあるエンジェル島の移民局を通って、アメリカに入りました。

さて、なぜ、いろんな苦労をしてまで、リフカとその家族が、アメリカに行かなくちゃならないのか、その理由はだんだんわかってきます。

そしてそれがとても深刻な問題であることもわかってきます。

そして、そのうち家族はなればなれになり、一人になって、リフカの旅がつづきます。「トヴァ、わたしの正体がわかった。二つの世界の間をさまようものは、そう呼ばれるんだ、移民って」とリフカが書いています。

さまようリフカは、さんざんな目にあいながら、ときには出てきた町にもどりたいと泣きごとを言いながら、先に進んでいきます。

リフカの「アメリカに行けば、いろんなことができる」という思いは、今の時代には、なんだかうそっぽく聞こえます。暴力も差別もなくならない、戦争ばっかりやってるアメリカが、ほんとにそんなにすばらしいところなのかとうたがってしまいますけど、でも、少なくとも、このとき、リフカの前に道はひらけていた。好きなことができる。自由にどこへでも行ける。自由に生きられる、自分らしく、自由に。そして何より、ユダヤ人だからという理由で、殺されたりはしない。

同じような思いを抱《いだ》いて、アメリカにやってきた移民たちがたくさんいました。エリス島から入国するのはヨーロッパからの人たちです。今でも、南の国境から、太平洋側の空港から、人々は何かをもとめて、いろんな方法で、入国してきます。

でもまたリフカはこんなことも書いています。

「ときどき思うよ、トヴァ、おとなになりたくないって。ベルディチェフに走って帰って、ルツばあちゃんのうでの中に飛びこんで、ばあちゃんのぬくもりの中で、自分なんか、なくしちゃいたい。ばあちゃんはあたしを守ってくれた、外側からも、内側からも。でもまた別のときには、自分が自分でよかったと、心から思う。わたし。リフカ・ネブロト。エセルとベリル・ネブロトの、一人娘《ひとりむすめ》で、末っ子。イサークとアシェルとルベンとナタンとサウルの小さい妹。旅しつづける、わたし。……アメリカへ」

リフカは、場所から場所へ体を動かしながら、ゆうかんに、たえまなく、自分というものをさがしもとめようとしていました。

気にかかるのは、ベルディチェフに残ったトヴァとその家族です。あの人たちは、いったいどうなったでしょう。調べてみて、がくぜんとしました。

もともとウクライナは、ロシア帝国の一部でした。キエフという大きな町を中心に、豊かな農業地帯でありました。

当時、イギリスやドイツというヨーロッパの国々は、いっせいに近代化をおしすすめていました。産業革命が起こって、工業化がすすみ、都市に人が集まり、アジアやアフリカに植民地を作って、より強く、より豊かになろうとする。ロシアは、それに乗りおくれたわけでした。

日本も一八六八年に明治維新《めいじいしん》、必死で、西欧諸国《せいおうしょこく》に追いつこうとしていた時代です。それで一九〇四～五年には、ロシア相手に日露戦争《にちろせんそう》という戦争までやりました。

一九一四年から一九一八年は第一次大戦。ロシアも、ドイツを相手に戦いました。リフカが九歳《さい》のときに見たドイツ兵はそのときの敵兵です。

一方、ロシアには農奴制《のうどせい》というのがあって、農民たちは、一生、土地にしばりつけられて働いていました。その制度は一八六一年になくなりました。でも、やっぱりみんな貧しくて、一生働きづめで死んでいくのでした。リフカがののしっているロシアの百姓《ひゃくしょう》たちというのは、こんな人たちです。

暮らしは楽にならない。戦争はうまくいかない。貧富の差はひろがる。

人々の不満は、どんどん大きくなっていく。

その不満のはけ口として、政府が、計画的に、ユダヤ人にたいする憎《にく》しみをかきたてたといってもいいのです。このころ、あちこちで起きていたポグロムは、まさにその結果、ロシア軍やコサック軍がリードして、ユダヤ人をねらってテロ行為《こうい》をくり返しました。

一九一七年、ついに不満は爆発《ばくはつ》して、ロシア革命が起こりました。皇帝《こうてい》一家は殺され、ロシアの中では内戦がつづきました。

ベルディチェフの駅にいた二人のロシア兵は、いったいどこの兵士だったんでしょう。入りみだれていてよくわかりません。

一九一九年には、ベルディチェフでもポグロムが起こり、たくさん人が死にました。

一九二〇年には、ベルディチェフの町が、砲撃《ほうげき》でこわされてしまいました。

一九二二年には、やっとロシアの内戦がおわって、ソビエト連邦《れんぽう》という共産主義国家がはじまりました。

一九三〇年代には大ききんがウクライナに起こり、また新政府がむりやり食料の輸出をつづけたこともあって、ききんは広がり、数百万人が死にました。

第二次世界大戦の間、ベルディチェフの町は一九四一年から一九四四年までナチス・ドイツに占領《せんりょう》されました。

ナチス・ドイツは、ほかの町でもやったように、ベルディチェフでも、ユダヤ人を一カ所に集めて住まわせるゲットーという地区を作りました。そしてみんな、そこで殺されました。もちろん、アウシュヴィッツのような強制収容所が各地にいくつも作られて、ヨーロッパ中のユダヤ人たちが何百万人と送られて、殺されていったということは、この本を読むみなさんなら、知っていると思います。

あまりの事実の重たさにうなだれながら、今は、トヴァたちの無事を祈るばかりです。

二〇一五年一月　カリフォルニアにて

カレン・ヘス
Karen Hesse

1952年米国メリーランド州バルティモア生まれ。メリーランド大学卒業後、ウェイトレス、校正者、臨時教員、ホスピスのボランティアなどを経験の後、ＹＡに向けた詩や小説を書き始める。“Out of the Dust”（邦題『ビリー・ジョーの大地』）で1998年ニューベリー賞、スコット・オデール賞など受賞。1992年発表の本書で2012年フェニックス賞受賞。他の邦訳に『イルカの歌』『11の声』、絵本『ふれ、ふれ、あめ』『クラシンスキ広場のねこ』『じゃがいも畑』など。ヴァーモント州在住。

伊藤比呂美
Hiromi Ito

1955年東京生まれ。青山学院大学文学部在学中から詩を発表。1978年現代詩手帖賞を受賞。小説『ラニーニャ』で1999年野間文芸賞新人賞受賞。『河原荒草』(2006年高見順賞)『とげ抜き 新巣鴨地蔵縁起』(2007年萩原朔太郎賞、2008年紫式部文学賞）などの詩集の他、『レッツ・すぴーく・English』『犬心』『父の生きる』『女の一生』英詩を邦訳した絵本『今日』など。カレン・ヘス『ビリー・ジョーの大地』の翻訳により2002年産経児童出版文化賞ニッポン放送賞受賞。カリフォルニア州在住。

西 更
Sara Nishi

1986年熊本市生まれ。カリフォルニア大学バークレー校環境生物学科卒業。カリフォルニア州在住。

作中の各章の冒頭（135頁と151頁を除く）と本文中（195～196頁）に引用されているプーシキンの詩の邦訳は、『プーシキン詩集』（金子幸彦訳　岩波文庫）から引用させていただきました。

リフカの旅

2015年3月初版
2015年6月第2刷発行

作者　カレン・ヘス
訳者　伊藤比呂美　西更
発行者　齋藤廣達
編集　岸井美恵子
発行所　株式会社 理論社
〒103-0001　東京都中央区日本橋小伝馬町9-10
電話　営業 03-6264-8890
編集 03-6264-8891
URL　http://www.rironsha.com

イラストレーション　華鼓
ブックデザイン　中島かほる
組版　アジュール
印刷・製本　中央精版印刷

Printed in Japan
NDC933 B6判 19cm 222p ISBN978-4-652-20086-5

Letters from Rifka
Karen Hesse